肆

無錫市圖書館 整理

無錫市圖書館藏精品叢書

錫山先哲叢刊

鳳凰出版傳媒集團 鳳凰出版社

先哲叢刊第四輯敘言

吾邑先哲叢刊昔年已出三輯嗣以鴻鑑旅行閩中兩載未能繼續付梓又以經費困絀深負同人之望去秋返里遂手鈔許靜山先生手訂高子遺書節鈔六卷合之前第三輯未刊之錢梅溪先生錫山補志一卷第四輯始告成又承楊君翰西捐銀四拾元合之許君溯伊捐售張文襄集款四十四元及各處代售先哲叢刊一二兩輯售款三十九元並鴻鑑捐銀二百元乃將三輯之刊資告一結束今將四輯付梓應任刊資有蔡君兼三捐銀一百元鴻鑑捐銀一百元榮君吉人捐銀一百元並由吉人募得榮丁諸君捐銀四百元充之校對工作仍賴秦君平甫任其勞自後五輯六輯以至十輯仍擬繼續選刊凡我邑人仍希以表揚先哲著作爲

念慨助刊資以成此舉社中同人能無馨香祝之

中華民國二十年七月邑子侯鴻鑑謹序

先哲叢刊第四輯

高子遺書節鈔

邑後學侯鴻鑑敬題

中華民國
廿年八月
中華書局
用聚珍倣
宋字排印

高子遺書節鈔序

大道之行也如日月經天江河行地世界任何變更道之晦顯無定其晦也干戈災眚世亂民貧其顯也康樂和煦民强國富此聖賢蘊蓄之宏即起居動作言論事業隨在可以見性道之原雖片詞隻句無不可以知道之所存吾邑鄉賢高忠憲公生平學問道德爲世所宗高子遺書爲忠憲一生道統所寄東林薪火所傳胥於是編寓焉許靜山先生爲邑前輩研究性道之學平生兢兢業業篤信顧高學行以數十年苦修力學堅守高子遺書宦游中外節鈔若干卷光復後先生歸道山嗣君等以此編囑付先哲叢刊社鴻鑑受而讀之節鈔十一卷年譜一卷皆先生手定本茲入先哲叢刊第四輯一以存忠憲道學之真一以表先生精神之寄並

示後世學者以爲學之序入德之門其有關於今日之世道人心者非淺鮮也己巳秋七月邑後學侯鴻鑑敬序

高子遺書節鈔卷一

邑後學許珏編

說六首

靜坐說癸丑

靜坐之說不用一毫安排只平平常常默然靜去此平常二字不可容易看過卽性體也以其清淨不容一物故謂之平常畫前之易如此人生而靜以上如此喜怒哀樂未發如此乃天理之自然須在人各各自體貼出方是自得靜中妄念強除不得真體既顯妄念自息昏氣亦強除不得妄念既淨昏氣自清只體認本性原來本色還他湛然而已大抵著一毫意不得著一毫見不得纔添一念便失本色由靜而動亦只平平常常湛然動去靜時與動時

一色動時與靜時一色所以一色者只是一箇平常也故曰無動無靜學者不過借靜坐中認此無動無靜之體云爾靜中得力方是動中真得力動中得力方是靜中真得力所謂敬者此也所謂仁者此也所謂誠者此也是復性之道也

書靜坐說後

萬曆癸丑秋靜坐武林弢光山中作靜坐說越二年觀之說殆未備也夫靜坐之法入門者藉以涵養初學者藉以入門彼夫初入之心妄念膠結何從而見平常之體乎平常則散漫去矣故必收斂身心以主於一一即平常之體也主則有意存焉此意亦非著意蓋心中無事之謂一著意則非一也不著意而謂之意者但從衣冠瞻視間整齊嚴肅則心自一漸久漸熟漸平

常矣故主一者學之成始成終者也乙卯孟冬志

好學說

嘗思聖人自視無知無能下至不爲酒困亦不自居其所自居者忠信好學而已千古以下想見聖人不過一箇樸實頭孳孳學問人也然不知其如何好學及觀自言其爲人忘食忘憂忘老聖人于學直是滋味如此然不知其所好何學及觀若聖與仁章然後知聖人所學聖與仁而已一部論語其自爲的不過聖與仁誨人的不過聖與仁人但見其日用常行隨人問答不知其皆聖與仁也故聖人須自說破然則聖與仁與忠信是一是二曰此正見學之可好矣忠信只是人的眞心此一點眞心蓋天蓋地亘古亘今只看人學問何如若學之不已此一點眞心愈微妙愈通明這便

是聖此中境界無窮階級無窮滋味無窮非實修實證者不知聖人所以憤而樂樂而不知老之至也聖人於乾卦信之矣曰忠信所以進德修詞立誠所以居業進德修業直上達天德不過這箇忠信

爲善說

雞鳴而起孳孳爲善是吾人終身進德修業事也然爲善必須明善乃爲行著習察何謂明善善者性也性者人生而靜是也人生而靜時胸中何曾有一物來其營營擾擾者皆有知識以後日添出來非其本然也既是添來今宜減去減之又減以至於減無可減方始是性方始是善何者人心湛然無一物時乃是仁義禮智也爲善者乃是仁義禮智之事也明此之謂明善爲此之謂爲善

高子遺書節鈔卷二

疏六首

崇正學闢異說疏（萬曆二十年爲行人上得旨允行）

臣惟自古治天下者未有不以教化爲先務而教化之汙隆則學術之邪正爲之所係非小也是以聖帝明王必務表章正學使天下曉然知所趨截然有所守而後上無異教下無異習道德可一風俗可同賢才出而治化昌矣臣見四川僉事張世則一本大略自謂讀大學古本而有悟知程朱誤人之甚謂朱熹之學專務尙博不能誠意成宋一代之風俗議論多而成功少天下卒于委靡而不振於是以所著大學初義上獻欲施行天下一改章句之舊臣惟自昔儒者說經不能無異同而是非不容有乖謬是非謬則

萬事謬矣以程朱大賢謂其學曰不能誠意謂其教曰誤人之甚是耶非耶讀之於私家猶爲一人之偏詖而於聖賢無損嗚之於大廷則遂足以亂天下之觀聽而於世教有害臣有不容已於言者矣夫自孟子歿而孔子之學無傳千四百年而始有宋儒周敦頤程顥程頤張載朱熹得其正傳而絶學復續學者始知所從入之途其功罔極矣然是五賢者生於宋而宋不能用其學之萬一前則章惇蔡京之徒斥之爲姦黨後則韓侂胄之徒斥之爲僞學貶逐禁錮以迄於亡恭惟我太祖高皇帝天縱神聖作民君師即位之初首立太學拜許存仁爲祭酒以司教化存仁爲先儒許謙承朱熹正學而存仁承上命以爲教一宗朱氏之學令學者非五經四書不讀非濂洛關閩之學不講而天下翕然向風矣我成祖

後人學未造其域豈容輕議況古書皆有錯簡古本安可盡信世則之言誠意是矣豈諸儒獨不教人誠意乎誠者聖人之本學之所以成始成終功先格致正所以誠正也意有不誠心有不正卽非所以爲格致也若夫溺于記誦徇外志本此俗學所以爲陋豈大學格致之教哉夫孔子之道至程朱而闡明殆盡學孔子而必由程朱正如入室而必由戸世之學者誠能虛心涵泳切己體察毋務新奇而先以一己之私意主張於前毋務立說而取聖賢之言矯揉爲己之用循循焉以周程張朱爲四書之階梯以四書爲五經之階梯自得之而道可幾矣故學者默而識之不言而信述而不作心逸日休况今天下不患無論說而患無躬行就聖賢已明之道誠心而力行則事半而功倍矣何必嘵嘵焉必務自私用

智欲伸其一己之說爲也世則又以宋之不振歸咎于諸儒之學噫是何言也人主不能用其道雖以孔子之聖生於魯而不能救魯之衰微何疑於諸儒宋之亡也由前而言則壞于新法由後而言則壞於和議今不咎王安石呂惠卿蔡京章惇黃潛善汪伯彥秦檜韓侂胄之徒而咎諸儒之學何心哉夫所謂議論多而成功少者非言者之罪而用言者之罪也自古芻蕘獻說工瞽陳規其議論豈不至多然而上之人善於用中則片言可折而盈庭可廢天下見事功之實而不見議論之虛上之人漫無可否則人持所見而邪正雜陳徒滋耳目之煩無補經綸之實耳豈以人人緘默而後爲盛世乎世則又謂本朝持衡國是者無決斷之勇分猷庶職者有模稜之風庠序無真才實學之士朝廷尠實心任事之臣

此信有之正不學之故也奈何反以咎程朱之學也抑臣有深憂焉自世廟以前雖有訓詁詞章之習而天下多實學自穆廟以來率多玲瓏虛幻之談而弊不知所終笑宋儒之拙而規矩繩墨脫落無存以頓悟爲工而巧變圓融不可方物故今高明之士半已爲佛老之徒然猶知儒之爲尊必藉假儒文釋入儒者內有秉彝之良外有惟皇之制也而其隱衷真志則皆借孔孟爲文飾與程朱爲仇敵矣故今日對病之藥正在扶植程朱之學深嚴二氏之防而後孔孟之學明使世則之言一倡天下之棄其仇敵也不啻芻狗焉於是人人自逞其私淫辭充塞正路榛蕪將二祖列宗之教蕩然掃地矣伏願陛下皇建有極端本化人身體孔孟之微言首崇程朱之正學必親經書以窮理必收放心以居敬朝乾夕惕

省察克治思天之所與人而人之所受於天惟有仁義禮智四者人君爲天之子必克完天賦予而後永膺天之眷命一念之發一事之勤審其果合於仁合於義合於禮合於智則務擴而充之力而行之審其有不合者則務遏而勿思禁而勿行如是日新又新純爲天德則萬化之源清萬幾次第畢舉聖主之精神一奮天下之意氣維新矣於是體二祖之意振正學於陵夷廢墜之餘明詔中外非四書五經不讀而不得浸淫於佛老之說非濂洛關閩之學不講而不得淆亂以新奇之談學無分門士無異習人心貞一教化大同如是而人才不出政治不隆者從古以來未之有也臣入仕之初適見世則之疏不勝私憂隱慮遂有此論辨或曰四方多事何暇爲此清談臣謂不然此天下之大本古今之命脈危微

之別毫釐千里之差千聖兢兢於此而可以細故視之哉故不避僭越之嫌迂闊之誚冒昧上陳伏乞聖明采擇

今日第一要務疏萬曆二十年爲行人上留中

臣觀今天下事勢岌岌矣賊虜既爲門庭之寇而倭彝復爲堂奧之災人情詾詾識者寒心所幸者紀綱未盡壞人心尚在離合之間誠得其要而圖之則天心感格民心悅懌元氣一復神氣即振而天下可措於泰山之安故不敢瑣聒特揭其至要者二端上聞

一曰天下之大本臣聞天下之事有本有末正其本者雖若紆緩而實易爲力救其末者雖若切至而實難爲功所謂天下之本者陛下之心是也人君之心與天爲一呼吸相通一念而善天以善應之一念不善天以不善應之如影之隨形纖悉不爽是以古之

聖王終日乾乾操持此心以對越在天故曰昊天曰明及爾出王昊天曰旦及爾游衍蓋自朝及夕出王游衍無息不與天相對故天理流行人欲屏息而能常凝帝眷於無聲無臭之表然人心至活倏忽之間起滅萬狀未有無所事事而能懸空守之者故必觀經書以求聖賢存心養性之道或觀史鑑以求古今治亂興亡之原君子小人立心行事之别又必時召侍臣相與講說討論以求治國平天下之要如是則一日之間此心常止於義理人欲不得而乘之心有所止則靜心靜則氣和和則喜怒皆中節而刑罰不過其則聖心冲然和平聖體泰然安舒而後天地之和應之七政循軌兩暘時若萬物茂盛百姓阜成所謂篤恭而天下平蓋自然之實理也我太祖高皇帝曰人心虛靈乘氣機出入操而存之爲

難成祖文皇帝曰人君不可有所好樂流而不返則欲必勝理朕每退朝未嘗不思管束此心爲切要此二祖所以遠紹堯舜精一之傳而聖子神孫所當萬世佩服者也臣少伏艸茅側聞陛下憂天時亢旱布袍行禱雨陛下此心何心也畏天命悲人窮惻然不能自寧故屈萬乘之尊爲步行之勞而不憚也然而靈雨隨車天心格矣當其時臣見雖山童田叟莫不舉手加額歡欣鼓舞謂聖天子舉動爲萬代瞻仰是人心格矣陛下一舉而天人交格如此孰謂蒼蒼者不可知而林林總總者不易化乎伏願陛下常提此心保而勿失擴而充之每事皆然陛下今日如此卽今曰之堯舜也明日如此卽明日之堯舜也堯舜之道至易至簡言之似迂闊而行之實無難故雖爲山九仞苟一念怠荒卽前功盡棄也雖未

覆一簣苟一念精進爲之卽是也陛下何憚而不爲堯舜使聖德光於海隅休聲傳於萬世乎此爲天下之大本伏維聖明留意臣愚不勝惓惓二曰天下之大機臣聞天下之事必有其機事機一握則百年之業可底成於一朝兆庶之情能轉移於俄頃何則機者神化之樞得其機而化斯神也臣觀今日內而百官外而萬姓所引領望於陛下其最急者曰除刑戮舉朝講用諫臣發內帑是四者陛下爲之易如反掌然而天下臣民所注向忽快觀于一朝如飢者之得食渴者之得飲觀聽遽新精神頓聳天下之事無不可爲矣夫上帝以生物爲心天子以天心爲心豈以仁聖如陛下而獨不然乎臣固知必左右使令之人懾於天威而舉動失措故益動天怒而刑責太過耳夫不安則傾人極則變理之常也豈以

睿知如陛下不慮此乎臣以爲慮之亦無益也反之固甚易也陛下誠自今日開誠諭之許以更始盡除刑戮將見人心悅服皆如再生聖主推心置人腹而左右傾心戴一人上下相安永無意外之變豈非挽回天心奠安宗社之至計乎特在陛下一念轉移間耳所謂舉朝講陛下即未能盡復其舊或五日一舉或十日一舉稍省虛文使聖躬不至厭倦孰曰不宜乎或以午朝或以晚朝豫爲傳宣惟聖意所在孰曰不宜乎或御便殿時召輔臣從容咨訪相與經畫天下人心豈不警策萬倍乎所謂用諫臣非謂建言諸臣皆君子而無小人參於其間也夫天下固有沽名釣譽之小人而必無同流合汚之君子故諸臣未必皆眞而眞者出於其中陛下容吏部從一時之望精人倫之選擢而用之豈不彰天地無心

之化帝王從諫之美今必使秉銓者畏罪不敢推貶謫者以官爲禁錮是使賢不肖皆無由顯見而天下後世謂聖人之朝以言爲禁如聖德何夫安居以享榮貴自守以待遷除豈非人情所甚便諸臣明知其不利於己而必慷慨論列者無他其一念忠君愛國之誠激於中而有不能自已耳爲人子諫於父母逢父母之怒至於笞撻及其事定之後父母未有不思其言而矜其情者臣固知陛下於諸臣必有如父母之於子者矣所謂發內帑臣非欲陛下盡損內庭之積爲天下之用也臣觀古今善理財者無如周公而周官所立泉府謂之曰泉者欲其如泉之流而不滯也記曰有財此有用故財用相因善用之則爲治平之道不用則爲無益之物臣以爲宜許戶部得以通融出入有事則暫借爲邊方之用不致

天下急賦斂而激生他變無事則仍補還原款以備不時之需既明示天下以天子無私財而實則府庫之財未有非其財者也天下之事可言者不止於是而四者其要機伏惟聖明留意臣愚不勝惓惓以上二者爲今日第一要務而聖心尤爲根本必如是則天心格而天下可無水旱之災民心悅而率土益堅尊親之戴陛下試行臣言將見期月之間萬事改觀邊方將吏勇氣百倍何憂么麽之叛賊哉不然則上下之情日隔天下之心日離臣恐可虞之事不獨在叛軍驕虜海島不測之彝而又有不可知者矣伏願陛下擴天覆地載之宏仁垂日照月臨之精鑑慨然而俞之毅然而行之赫傳聖諭示清秋朝講之期再下吏戶二部議行臣說使百官萬民窮年累月之望一旦易爲歡騰踴躍之情無論其他即

此中外之人情亦足以感皇天而丕變四海矣

辭免重任疏（天啓四年爲刑部侍郎上得旨令遵新令供職）

臣聞命而驚俯躬而媿臣嘗讀易曰德薄而位尊知小而謀大力小而任重尟不及矣臣蒙聖恩拔擢貳於秋官自揣逾分方切循牆況于都御史者天下之事皆得而言之臣工之邪皆得而糾之然而世習之漸靡難言矣臣子不真心爲國家不真心修職業悠悠忽忽則有難振之氣以請託爲固然以貨賂相結納則有難洗之習升遷壅滯仰屋書空則有難定之志謬同異爲是非誤愛憎爲好惡則有難清之見無端而起畛域藩籬無端而起弓蛇鬼豖則有難調之情所以難者皆緣人心各有陰私故各成隔礙必居此位者自心先無陰私而後可潛消人之陰私自心先無隔礙而

被含糊偏比委曲調停之旨臣媿死無地自傷愚昧不能仰當聖心報皇上知遇之恩又傷煩言亂政致干聖怒虧皇上平明之理臣諫臣之長以諫爲職當有顯諫顧伏而思之臣之事君如子之事父母父母有怒爲子者當夔夔齋慄待親心之自明親怒之自霽何可更爲激瀆臣又伏而思九疇疏中有背公植黨之語前代往往以黨之一字空善類傾人國亦由當時大臣過激以速成其禍今日何可别爲激瀆然而臣之職失矣官以諫爲職而失其職則皇上何取失職之臣爲哉伏乞即將臣罷斥以爲人臣不盡其職者之戒

遺疏

臣雖削奪舊係大臣大臣受辱則辱國故北向叩頭從屈平之遺

則君恩未報結願來生臣高攀龍垂絶書乞使者執此報皇上

高子遺書節鈔卷三

書三十二首

與逯確齋

與兄別來略窺得路徑聖人之學只閑邪以存誠此理直是易簡然却與世俗所謂易簡者不同乾之易也以健坤之簡也以順蓋以健順而易簡非以易簡廢工夫若以易簡爲心便入異端去矣世儒亦多有見得誠的意思只是無克己閑邪工夫故純是氣稟物欲用事皆認作天性以妄爲誠種種迷謬此格物致知大學所以最先用力也格致亦別無說只是分別得天理人欲界分清楚透徹正閑邪之要也其入手處則程先生每喜人靜坐朱先生每教人讀書此意真妙錯認其意者便溺章句便耽寂靜失之遠矣

躬看來吾輩每日用功當以半日靜坐半日讀書靜坐以思所讀之書讀書以考所思之要樸實頭下數年之功不然浮浮沈沈不濟事也兄以爲何如幸相與覓便反覆印證朱夫子曰日月去矣大事未明可懼也吾輩不可不念

與李見羅先生

侍先生三日側聞所論庶幾不逆於心歸而益博求之見從古聖賢所傳之要隱約皆在於是日用之間頗得歸宿未知由此而之又更何如也往時見明道云吾學雖有所受然天理二字却是自家體貼出來不曉作何語今乃見此理充周於吾前活潑潑地真不可須臾離也妙在反躬而已矣凡學問真切下手自無閑口說閑話去年向先生說格致子細檢點意念起處總屬爲先儒分疏

假饒說得十分是當與自己原不相干學不切己精神都向末上去終日問辨以爲無不在道而於道背馳矣靜言思之不覺失笑有拙序一首其於先生教旨未審彷彿有入處否風便一語指點

與張子愼

別來兄進修何如擺一分俗趣入一分道味勢不兩立者也如兄聰明何事不成但恐志立兩岐耳今人自孩提至成人父母之教師傅之誨曾有出於富貴之外者乎根心生色不言而喻此念已若天性而眞仁義反若矯揉安望有超拔沈淪能自覓求吾之所謂至富至貴者乎非豪傑如兄而疇望曩時面語今日緘書弟之鄙誠無出此語蓋弟誠自體驗廣居正路人人自有不待安排只爲此賊竊據其中故主人翁擯逐於豺虎荆棘之叢曾不得頃刻

休息發大勇猛誓不與此賊俱生方能擴通道路光復吾廬舍此而談玄說妙平居儘足自哄恐當境分毫用不著耳弟於此正在交戰之時未知何日奏凱雖然吾之所謂至富至貴者一日到手外賊要不難除內修外攘正爾交資莫兩相靠不審兄近日持行何如風便幸一示知之爲望

與揭揚諸生

別來加功何如靜坐收攝浮蕩精神舉動守聖賢法戒貨色二字落脚便成禽獸貧儒少年從此清楚方有根基可望舉動不茍則虛明中無悔尤之擾靜處益得力靜處收拾寧定則事至物來方能審擇是非不迷所向兩者合一交資而尤以靜定爲本每日如此用功不患人品不成意念高遠襟期灑落加以讀書精專不必

求工文字自無不工之理所業既工科第自在其中又何必營營於得失自累其虛明使彼此兩失哉此鄙人近來灼見決不誤諸兄千萬加察三千里外遥思往日相與之雅愛莫能助惟此言可贈耳

與吴子往一

接教言連日精神不暢此不可放過凡天理自然通暢和樂不通暢者皆私欲也當時刻唤醒不令放倒作科第業不足妨兄但見顯晦分定毫髮非人力所爲信得澈底一片田地方潔淨方有做工夫處不然任是嘉種田地蕪穢發生不起韓昌黎曰將蘄至於古之立言者則無望其速成無誘於勢利養其根而俟其實加其膏而希其光夫昌黎之論工爲文章者且當如是況求聖人之道

者乎

與子往二

荻秋大足陶鑄學者兄勉之弟所見兄閒適之味多硏窮之力少故經年之別而無疑義相參坐讀書不多悠閒過日之故也兄之文章自是錦心繡口一時絶調毋過怯之而苟安焉使此事進退維谷反爲靈府之累也亦在多讀書使外來之聞見與性靈之趣味相浹出之不難矣讀書而氣逼塞不暢此是內外相拒不相乳入之故勿顧而愈前至於旬時彼此相黏而融融矣心卽理理卽心理散見於六經聞見狹而不狹非細事也兄勿疑於此

與子往三

與兄別後此件工夫無可告語印證殊無日新之益家居只隨分

其深病不免落於禪宗吾丈會時當切劘之此兄今人所難得不欲其終於此而已也

與馮少墟一

鄙見蒙老年丈印可何幸如之此事不落言詮要在心悟由無言無象中彷彿可言可象者中庸二字而已由可言可象中默契無言無象者擇執二字而已無一毫攙和之謂擇無一毫滲漏之謂執弟今日惟時時刻刻覺其攙和滲漏而已未知何日可幾道岸也海內惟老丈之教無一字之逆於心弟決不敢爲昧心語然弟所見於年丈有未同者千萬勿吝指示此事非小容情不得也

答少墟三

手教云內存戒慎恐懼外守規矩準繩兩語當終身行之又云戒

慎恐懼是性體真精神規矩準繩是性體真條理此透性語也人未知性謂此爲桎梏若透性方知此是真安樂蓋天然自有之中絶無安排造作者也非窮參不悟非悟不徹性體不徹未有知吾聖人之矩爲天生自然者又何怪其欲掃除此矩哉聖人之學所以異於釋氏者窮理而已窮理則性爲聖人之性不窮理則性爲釋氏之性性豈有二哉所從入之端殊也南方風氣劣於關中百倍弟之力量劣於年丈萬倍反觀此性無欠無餘上視聖賢不差毫髪所以不忍自棄者以此伏惟老年丈時賜提策開愚立柔

答劉念臺

伏承下教咨所以居方寸者方寸卽宇宙也世人漫視爲方寸耳顧非窮究到名言不立之地爲名言而已非存養於思慮未發之

先爲思慮而已名言思慮爲憧憧之方寸而已弟之愚昧正在憧憧中生活言之可怍有一小書可證斯理敢以奉覽

答念臺三

此事甚細得兄相與推敲甚幸但無成心各據所見勘究到底彼此必有益也淨色根魄也隨念分別者意也靈覺則是心傳所云心不在焉視不見聽不聞是也此與意識相似而實不同蓋心作主宰意主分別也心一也黏於軀殼者爲人心卽爲識發於義理者爲道心卽爲覺非果有兩心然一轉則天地懸隔謂之覺矣猶以爲形而下者乘於氣機也視聽持行皆物也其則乃性也佛氏以擎拳豎拂運水搬柴總是神通妙用蓋以縱横豎直無非是性而毫釐之差則於則上辨之兄以孟子著見之端卽佛氏作用處

此最可觀凡事稍不合則必有不安此見天然自有之中毫髮差池不得若觀佛氏於彝倫之際多所未安彼却不顧也故儒之與佛論潔淨精微不挂絲髮空空如則同而其中自然之秩敘若權衡之輕重度量之長短佛則一概抹殺超超自如矣盡虛空偏法界性體充周正謂如是所以云與自己總不相干者正謂軀殼上重重私欲耳若一日克己復禮則軀殼之己便與天地萬物爲一豈有二耶吾儒與佛氏名目多不同如儒者說性只在人物上未有人物只說天未有天地只說太極其實一也知性則知天人生而靜以上未嘗不可說用力敏疾則念清人生而靜以後未嘗不可復學問之道無他復其性而已矣弟觀千古聖賢心法只一敬字捷徑無弊何謂敬絕無之盡也有毫釐絲忽在便不是有敬字

在亦不是易曰直其正也直心正念而已直心卽正念正念卽直心卓卓巍巍惺惺了了至於熟焉習心化而無事矣弟之於此如適千里者未出戶庭然曝温芹美思以爲獻不自覺其老生常談之可厭也連日病齒答多未盡乞兄再窮究之

答耿庭懷

得教推求光景之說甚幸甚幸聖門所貴默識正謂須識得此體此豈以靜而有動而無邪既識得則惺惺了了自然知是必行知非必去矣若用處一差卽是本體不徹而所謂見者乃虛見也虛見之謂光景也如靜中觀喜怒哀樂未發氣象此爲未見道者引而致之正令於心無所著時默識其體此見性之捷法也真見得天命之爲性則真見得道不可須臾離雖欲不戒懼慎獨不可得

矣戒懼愼獨亦不過一靈炯然不昧知是必行知非必去而已所以然者何也此件物事不著一毛惟是知是必行知非必去斬斬截截潔潔淨淨積習久之至於動念必正方是此件不然只是見得他光景不爲我有試體行不慊心之時還是此件否耶某平日體驗如此不知是否望老父母更正之

答呂釰潭大行

辱教舟行晏坐此最勝之事難遘之緣惟夙根道器能覿面不失耳靜坐只以見性爲主人性萬物皆備原不落空人性本無一物不容執著性卽天也維天之命於穆不已可以爲無乎上天之載無聲無臭可以爲有乎天卽心也當其寂卽天之體也當其感皆天之用也當其寂卽天之體也必體立用行故於靜時默識其體觀未發氣象卽默識

其體也觀者卽未發者也不動於意故不可以有意言不可以無意言總只是一片靈明久著於物故不靈不明一念反觀便靈便明耳卽此是性卽此是天更無二物以此觀彼也自來硏證所見之涓埃仰正於高深者如此惟不吝往復惠教

與顧新蒲

人有言曰安詳是處事第一法謙退是保身第一法涵容是與人第一法灑落是養心第一法信然矣然何以能安詳謙退涵容灑落耶襲其事則不可久求其真則不可得遵何道而可曰心存則是心不存則非知性則是不知性則非何謂心存則是心欲如是則如是矣何謂知性則是知性之本如是則心欲如是矣不安詳者躁也不謙退者傲也不涵容者隘也不灑落者滯也躁與傲隘

與滯吾性所本無也復於性則四惡屏四美具矣存心之謂居敬知性之謂窮理此二者萬善所自出寧獨四者故學貴務本

答羅匡湖

人自有生以來一念妄想相織相續至死不已惟仗學力深透此念忽破則真心豁然顯現方知前者之爲妄迷悟一關聖凡千里其要一念之破不破耳先生過此關久矣然悟前妄爲主見真體固難悟後真爲主消妄想更不易十二時中空過不得作何功課幸詳教之

與張侗初二

吾丈天賦明睿如冰壺映月徹骨無滓故灑落自在如此弟之大愚以爲鈍根之士惟患心境不徹而落於一切黏帶利根之士又

患事理不透而落於一切便安夫一靈炯然充塞宇宙森羅萬象總是一物豈有心外之事理故事理愈徹則心靈愈瑩但患含糊不患分別聖學所以開物成務只是非二字而已此處一空一混卽使身心皎然得大安穩不過自了之學也丈試究之以爲何如

答吳安節年伯一

聖學不全靠靜但各人稟賦不同若精神短弱決要靜中培擁豐碩收拾來便是良知散漫去都成妄想益驗念菴先生無見成良知之說也

答吳安老二

人生處順境好過卻險處逆境難過卻穩世味一些靠不著方見道味親切道味有些靠不著只是世味插和兩者推敲儘有進步

若順境中一切混過矣當此世局正是玉成不可不知也老年伯玩易了心是無上勝事滿目生機充塞無間人於其中藐然有身但胸次不著一物時內外融徹純是易也卽易是心無心可了鄙見如斯老年伯以爲如何

與吳覲華一

反復之說蒙丈卯可而體用之辨極要明白體卽是用用卽是體雖不容分然用寂是體體發是用亦不容混一觀而用寂矣所謂觀未發者如是若徒觀其氣象何啻千里人能知用寂之體只於此立本乃眞復也

與覲華二

弟衙門有人可脫身念中事亦次第了之可浩然歸矣一登依庸

便是第十洲三島也人心寂即是易發即是爻有繫縛者皆非也習久則繫縛者開即無思無爲之體非是繫者去別有一箇易來也此又是復以自知時一層體認處丈試驗之

答薛用章一

以本體爲工夫以工夫爲本體不識本體皆差工夫也不做工夫皆假本體也惟誠敬即工夫即本體誠無爲敬無適以誠本體故未嘗費纖毫之力也起因如此結果如此未有假因成真果者門下所見甚的可喜

答薛用章二

相知中如門下真有向裏尋求者矣別無他法但時刻提醒勿令昏昧積有年歲自成片段所患日復一日年復一年不零星積聚

允無頓段受用耳

與周仲純季純

學無動静也然形太用則疲神太用則困故省外事者學之要也季純六年東林少有入頭然此事凝之甚難散之甚易道豈有聚散乎正欲凝此無聚散者故本體本無散工夫只是凝所欲言者止耳

與周季純一

學不在多言只變化氣質涵養性情一切五常百行皆以此爲本然非見道不能每日偷閑静坐猛奮體認若静中復積鬧則動中氣濁道體不顯也

答季純二

季純病中所見良是學問只要一絲不挂其體方真體旣真用自裕未有真體而無真用者也用之大小則隨稟賦用之真僞則因學力到真用功夫時卽工夫一切放下方是工夫非真做工夫者不可與語此所謂癡人前說夢也僕於出處去留極不敢苟在此細細稱量要之合義而已去年朝中稍有陽氣治亂賊亦便有勝機陰陽消長之分如此人可不知易乎

與陳似木一

學問在知性而已知性者明善也孟子道性善而言必稱堯舜者何也性無象善無象稱堯舜者象性善也若曰如是如是言上會者淺象上會者深此象在心得其正時識取心得其正者心中無事時也風便寄意

答陳似木二

士有其志何所不可爲況今所爲者乃是孩提無知識時所具足反以有智識後昧之者也今借吾知識反於孩提無知識時本色故曰復其初門下弱體但一切放下不用一些知識胸中無物皆真精神也養德養身是一件事靈源返則靈機浚理學與舉業亦是一件事也

答陳似木三

此無別法即如門下所謂知而不能者習之而已人安得遽能以習而能論語開卷示一學字即示一習字又示一時字學而習習而時自凡人作聖賢不過三字立下見效者也即如忿欲習於懲窒懲窒過二三次便省力便有味豈患不能耶

人無事臥起從容胸中廓然其大浩浩無

書隨意會友畛域不設物我皆春事既簡易

人作本分事厥修乃來如日加長而不覺也如

何爲此區區者請看千里游心客還是東林一

高子遺書節鈔卷四

書五十二首

與劉鴻陽

昔延陵季子之聘于上國也所至輒盡得其一時之名賢故於晉則叔向於鄭則子產於齊則平仲於衛則史魚伯玉皆覿面孚心結終世之歡何其神也攀龍何人斯乃至於貴邑亦得大君子之傾蓋東山之屐班荆臨流落日開心平蕪豁目不亦一時之勝乎別來澹然孤館此興戚戚而動慨艮朋之不常惜盛游之難繼今且北歸莽漠雲山飛蓬身世回首舊游儼如圖畫矣則夫人際景逢辰盍簪具美又安可不暢彼此之懷極道逍遥之致哉懷望道範不任馳神

與陳省堂

丈之所居顯榮厚利既懸而豔之於後毀譽得失復紛而戰之於前吾之神明主宰爲吾所自有者鮮矣丈若置之不顧猛然發必爲聖賢之志風塵中有此人物可謂非豪傑乎哉知交自清漳來者輒訊起居知孜孜向學不倦柔懦如弟每爲興起弟歸杜門一榻一卷丈宰百里萬姓萬務雖勞逸殊勢而修爲不殊處者一念不空妄自魔障出者一念不實空文搪塞徒自辜負耳白沙詩曰廊廟山林俱有事今人忙處古人閒知吾丈閒忙總不徒然矣風便幸舉所持行教之

答吳進士

古人奉天命以周旋不敢褻而棄之者如士人得一第天即以君

民命之矣仕宦而不於兩者起念非天所命也弟觀世間儆敗皆緣此念不真弟非能真者不敢不以望天下俊傑如仁丈也

答孫司理子薔

門下不以文章之雄自雄不以政事之卓自卓顧蒿目棲心在世道人才此所謂豪傑之士也夫豪傑之士念不起於溫飽念不起於官爵無念不在吾君吾民此念一真卽無事不真矣莫輕視此身三才在此六尺莫輕視此生千古在此一日門下勉旃自愛

與林平華父母二

東林之政仰荷主持遂得徼寵於各位老公祖儼然賜命重之宏施煌煌斯文實式臨焉然而揆之鄙衷尚有不能默默而安者昔聞邑先達文莊邵二泉先生嘗建尚德書院祀李忠定矣比部華

補菴先生嘗建崇正書院祀七賢矣還按東林故事二泉先生嘗屬補菴先生重行改葺矣並不聞上煩公帑下煩里中父老趨事也惟是惠山尊賢祠二泉先生實倡諸衿紳共新之則亦謀諸一邑而已卒不聞上煩公帑下煩里中父老趨事也典刑具在龍等何敢有違已而反覆思之祠堂之設主以龜山先生配以羅胡喻尤李蔣邵七先生崇往厲來於是乎繫是一邑之公也至於會所之設廣麗澤也乃龍等之自求助耳書屋之設備藏修也乃龍等之自求益耳是二三同志之私也其爲一邑之公也請得奉揚明德庶幾翕然興其仰止之思以無負表章至誼其爲二三同志之私也請得退而守固陋之分無容藉口談道之名靦顔非格之賜以致處非其據貽誚伐檀懇乞特賜鑒裁轉達於各位老公祖幸

蒙許可鏤刻有百倍於恆情者矣

答祁長洲

臺下長才遠識乃不令居禁近補闕拾遺乎已而念曰是天之大任臺下也夫人處濃釅之地假境界扶翼其假精神儘自過活得遂終身迷失其寶藏而不知也若天欲復其真性必勞苦之令其一無靠傍自能求得真滋味處今臺下作劇縣勞苦之矣又作部官澹泊之矣勞而逸之逸而始復勞之俟臺下把柄到手滋味悅心而後肩荷宇宙之事建千古事業爲千古人物直是真性流行非從局套點綴始無負大丈夫出世一番耳舅非妄言後當自驗試以質之海門先生

答郭旭陽侍御

台臺當世俊傑其於天下士如伯樂九方皋之于馬豈有不了了目中者顧盼及鄙人寧啻馬骨殆凡馬之骨矣然凡馬之骨且然況於駿骨況於駿馬於是乎天下之士爭願執鞭也安民先於察吏此巡方第一義台臺注神于此實萬姓更生之日

與黃鳳衢一

年丈横被風波然轉高聲價矣夫天意豈直高年丈之名乃玉成年丈之實百年浮榮轉盼過眼遲慕思之罔然無得若將向外精神反歸自己討箇定帖乃千生萬刼轉迷成覺之日也此箇路頭干涉非小但在順境中趁着興頭難得回頭逆境中沒了世味方尋真味故弟嘗謂造化每以逆境成全君子以順境阬陷小人以弟驗之即今半生受用實緣聖主一謫年丈異日當有味斯語幸

勿以弟言爲迂而忽之

與黃鳳衢三

自古未有朝士聚訟如今日者未有朝士與林中人相訟如今日者東林風波其所從來二事而已一者段黃門幻然之論岷山也而引東林人爲證一者吳侍御嚴所之欲明時事也而發鈔涇陽先生二書以爲快二事之外東林于朝中絕無一毫干涉久當自明昨者孫道長摘弟三事一淮撫援書謂弟贊畫贊畫則無此書實弟所見實未嘗沮此罪不敢辭一京察搆害與弟風馬牛不相及此罪不敢認一者金吾書則極可笑弟實無涉於身無愧於心其人其事俱不必言要知山中人不可輕見客無端生出此事則弟之罪也弟於劉大行疏當益自策於孫侍御疏當益自惕好之

惡之者殊途其交成之則一也於年丈一道之他人絶不開此閒口矣

與段幻然三

知道體去歲頗有微恙台丈星度年來未佳愼之愼之世事如此正論之伸無日然諸人舉動又豈可久可大者乎吾輩苟志於道此等事如陰晴遞變何足道哉道之行也樂而憂何者兼善難也道之廢也憂而樂何者獨善易也今日衡泌之樂諸公貽之彼以爲足以困我安知我輩實以爲德與

答徐十洲侍御二

救競以恆救囂以靜吾輩以身先之第於東林只爲乾之惕坤之括大會亦不舉只與同邑同心默默做小學生規行矩步事時事

非海內一二知己並不吐一字同游中岐路者只與論學不與論事如是而已

答徐十洲三

台丈到彼且當韜藏丈夫舉事據吾真心所發締觀羣心所同如雲興雨作有自然之機難以前擬今未有最勝義也

與徐檢老房師

科場事發一時公論已闡到九分有餘清則必淆明則必晦譬如時已向寒一番熱適重其一番寒耳此陰陽之定機至於扶陽抑陰則君子之定著主宰於陰陽之外萬變而不失其常者也不知當軸於時何以妙其用耳

與沈銘鎮一

當今之時如居沸鼎朝野迄無寧居有志之士當自求入火不焦入水不濡之道得大安穩乃爲勝義而欲世界之不水不火不可望矣台丈以爲何如

答陳石湖二

今日議論彼此枘鑿如方圓然弟謂天下欲得太平皆當置之兩忘但觀理之是非勿在身上起見所謂觀理之是非又只論朝廷紀綱地方風化勿在人情上起見乃可然而不能也自昔兩黨相攻極勝者必極敗者今日之勢大是束溼非諸公指盈之道也詠尊詩云每嫌眼界小到處卽登高爲擊節三歎

與李壽伯

今朝野皆成競局治之之法靜默兩字而已且吾輩做自家人修

自家心安得閒工夫向人分疏閒事也臧否二字吾輩亦每犯之在末世是禍本善善長而惡惡短郭林宗所以免也近思之此是吾輩一項大工夫

與王具茨

丈夫生世即甚壽考不過百年百年中除老穉之日見於世者不過三十年此三十年可使其人重於泰崋可使其人輕於鴻毛是以君子慎之僕老矣此三十年從蠹魚中忽忽而過遂於世爲不足有無之人努力春華敢望之大君子案牘之暇近思錄不可不讀謹致一冊聖度兄居恆道大雅津津然春陽醉人知仁者施政惠民正如斯矣

與魏廓園

聞門下於吉水先生有浹旬樂聚快哉僕獨恨少此一行耳今之山林阿世以取容者下矣次則憤世而滋口次則玩世而不恭最上則善世而不競先生其善世而不競者乎甚矣人之審局難也局定而終身以之矣乾坤鼎革光彩一新今皇之虔始即先帝之厚終非有二也世事可喜之中亦有大可憂者看天意何如耳

與方孩未

攀龍天下最迂愚無用之人也台臺拂拭之華袞之至潔淨二字攀龍平生不以三公爲榮以二字爲願實未之能詣也台臺不量其所詣遽與其所願何其神與古人貴天下一人知己良有以也敢不日以台臺二字爲一鞭而終身乎

與鄒經畬

才萬不可齒及諸黨人非惟大傷老公祖抑且深禍諸黨人彼且以諸黨人圖死灰之然爲翻局之本借以大創決非小懲又增朝廷一番過舉傷宇宙一番元氣何益之有哉非獨愚計實出輿情俯賜采納世道所關也

答楊金壇

世路翻覆一彼一此如山勢遞爲起伏如水波遞爲來續以此遞成今古無足異也但盛世之一往一來究歸于治衰世之一往一來究歸于亂仁人君子不能不爲杞憂誠有如台臺所教若不肖之放魚鳥歸林淵適得其所雖林淵未必遂能安處而衰白之人得一日且爲樂一日總不作前後想也伏承翰貺此誼當篆之衷臆

答王無咎

世界如棋局人才如白黑子勝負不常在吾輩則以不常者爲常故勝不爲喜負不爲戚勝可也負可也客散棋收勝負安在哉在此不在彼也與其得罪千古無寧得罪一時困窮之中借以洗心滌慮爲大歸之計而已道義之愛中心藏之所祈絧錦璞玉以爲天下

臨終與華鳳超

僕得從李元禮范孟博游矣一生學問到此亦得少力心如太虛本無生死何幻質之足戀乎諸相知統此道意不能一一也三月十六夜攀龍頓首

高子遺書節鈔卷五

序十首書後一首

王文成公年譜序

嗚呼道之不明也支離於漢儒之訓詁道之明也剖裂於朱陸之分門程子之表章大學也爲初學入德之門今之人人自爲大學也遂爲聚訟之府何天下之多故也國朝自弘正以前天下之學出於一自嘉靖以來天下之學出於二出於一宗朱子也出於二王文成公之學行也朱子之說大學多本於二程文成學所得力蓋深契於子靜所由以二矣夫聖賢有外心以爲學者乎又有遺物以爲心者乎心非內也萬物皆備於我矣物非外也糟糠熼爐無非教也夫然則物即理理即心而謂心理可析格物爲外乎天

下之道貞於一而所以害道者二高之則虛無寂滅卑之則功利詞章朱子所謂其功倍於小學而無用其高過於大學而無實者也蓋戒之嚴矣而謂朱子之學爲詞章乎害乎莊渠魏氏曰陽明有激而言也彼其見天下之弊於詞章記誦而遂以爲言之太詳析之太精之過也而不知其弊也則未嘗反而求之朱子之說矣當文成之身學者則已有流入空虛爲脫落新奇之論而文成亦悔之矣至於今乃益以虛見爲實悟任情爲率性易簡之途誤認而義利之界漸夷其弊也茲甚則亦未嘗反而求之文成之說也良知乎夫乃文成所謂玩弄以負其知也乎高攀龍曰吾讀譜而知文成之學有所從以入也其於象山曠世而相感也豈偶然之故哉時攀龍添註揭陽典史莊大夫致菴公以茲譜示而命攀龍

爲之言攀龍不敢而謂公之文章事業蔑以尙矣學士所相與研究公之學也故謹附其說如此焉

朱子節要序

聖人之道大矣學者學焉而得其性之所近故賦質各别成德亦殊至於前聖後聖若合符節之處則不容毫釐差也以毫釐差迺千里謬矣聖人嚴似是而非也嚴之於此也由孔子而後見而知之者爲顏曾思孟然當孟子之時邪說並作而仁義充塞不有孟子孔子之道不著也由孟子而後聞而知之者爲周程張朱然當朱子之時邪說並作而仁義充塞不有朱子孔子之道不著也故昌黎韓氏曰孟子功不在禹下而河汾薛氏曰朱子功不在孟子下可謂知言矣夫聖人之道載在六籍得其言而得其意以之而

明聖人之道不得其言而不得其意以之而晦聖人之道自朱子出而六籍之言迺始幽顯畢徹吾道如日月之經天江河之流地非獨研窮之勤昭晣之密蓋其精神氣力真足以柱石兩間掩映千古所謂豪傑而聖賢者也其書自傳註而外見於文集語錄者浩渺無涯攀龍不自揣量三復之餘節其要言做朱子近思錄例分爲十有四卷而不敢擬於近思名曰朱子節要嗚呼不有朱子孔子之道不著也而不知孔子朱子之道不著也余豈知之者哉以爲是編於天理人欲毫釐千里之介莫詳焉學者欲知前聖後聖若合符節之處此其要也鍥成書此以諗同志

方本菴先生性善繹序

名性曰善自孟子始吾徵之孔子所成之性即所繼之善也名善

曰無自告子始吾無徵焉竺乾氏之說似之至陽明先生始以心體爲無善無惡心體卽性也今海內反其說而復之古者桐川方本菴先生吾邑顧涇陽先生也方先生謂天泉證道乃龍溪公之言託於陽明先生者也攀龍不敢知竊以陽明先生所爲善非性善之善也何也彼謂有善有惡者意之動則是以善屬之意也其所謂善第曰善念云而已所謂無善第曰無念云而已吾以善爲性彼以善爲念也吾以善自人生而靜以上彼以善自五性感動而後也故曰非吾所謂性善之善也吾所謂善元也萬物之所資始而資生也烏得而無之故無善之說不足以亂性而足以亂教善一而已矣一之而一元萬之而萬行爲物不二者也天下無無念之心患其不一於善耳一於善卽性也今不念於善而念於無

無亦念也若曰患其著焉著於善著於無一著也著善則拘著無則蕩拘與蕩之患倍蓰無算故聖人之教心使人格物物格而善明則有善而無著今懼其著至夷善於惡而無之人遂將視善如惡而去之大亂之道也故曰足以亂教此方先生所憂而性善繹所以作也善乎先生之言曰見爲善色色皆善故能善天下國家見爲空色色皆空不免空天下國家見之異則體之異體之異則用之異此毫釐千里之判也嗚呼古之聖賢曰止善曰明善曰擇善曰積善蓋懇懇焉今以無之一字埽而空之非不教爲善也既無之矣又使爲之是無食而使食也人欲横流如河水建瓴而下語之爲善千夫隄之而不足語之無善一夫決之而有餘悲夫

天地大矣古今遠矣聖賢之生豈以一時一地爲盛衰哉程氏之學錮於紹聖間朱氏之學錮於慶元間岌岌乎身之不能保越百有餘年我太祖高皇帝成祖文皇帝大明其道家誦其書人通其義春秋大一統諸子百家無得而奸其間卽有邪說士得執所守而拒之嗚呼盛矣此何以故洙泗之學洛閩得其宗學者由是而入皆可不畔於道傳之萬世無敝也龜山楊先生上承洛統下開閩傳其棲止於晉陵梁溪間浮雲流水之迹耳而吾郡至今言學不畔洛閩不忍曲學以阿世於是見先生之精神大而遠也先生於梁溪棲東林東林之廢久矣屢有復者而未竟顧涇陽先生始率同志告於當道而一新之使夫錫之士進則行其道於天下退則明其道於此如行者之有家耕者之有土也道合則進不合則

退綽綽乎有餘裕也夫世事成毁何常之有變易者存乎時不易者存乎道道之所在易乃不易也有易故不可無志涇陽先生屬志於劉伯先伯先志成以諗於予曰請言所以志予曰道者人之神也迹者神之著也故東林在而龜山先生在龜山先生在而洛閩夫子在洛閩夫子在而先聖在神一也一著而無不著今夫東林之志彙矣堂室則志什器則志圖書則志室㢢可葺也器㢢可新也圖書㢢可更也人㢢則澌滅矣何以使人之不㢢也曰在學學非他也人還其人之謂也如目本明而還其明耳本聰而還其聰心本仁而還其仁四體本恭而還其恭君臣父子兄弟朋友本親義序别信而還其親義序别信本來如是之謂性知其如是而還其如是之謂學不學而人㢢人㢢而神離如呼吸之離於體夫

以千秋之神滅於一日哀哉後之君子觀於志必有不忍於一脈之滅而不續者斯脈也卽以一念續矣

東林會約序

吾錫故未有講學者有之自宋龜山楊先生始今東林其臯比處也自元以來蕪廢久矣復之於邵二泉先生王文成之記可攷也嘉隆以來又蕪廢矣復之於顧涇陽先生於時中丞則嗣山曹公直指則起莘馬公督學則意白楊公兵使者則龍埊鄒公郡伯則宜諸歐陽公邑侯則平華林公皆曰都時哉不可失各捐金搆祠宇同邑顧侍御驤宇公則出其所有地以爲祠阯林侯復以其工之羨買田供畓簪之餼涇陽先生而下同志者又各捐金買地搆爲講堂書舍以爲講習燕居之所而先生復爲約指示一時從遊

者蓋攀龍讀而嘆曰至矣無以加矣古之君子其出也以行道其處也以求志未有飽食而無所事事者夫飽食而無所事事斯不亦樂乎又何多事而自取桎梏爲邪噫正以其不能無事云爾夫人有生則有形有形則有欲有欲則有憂以欲去憂其憂愈大蚩蚩然與憂俱生與憂俱死矣學也者去其欲以復其性也必有事以復於無事也無事則樂樂則生生則久久則天天則神而浩然於天地之間夫人卽至愚未有舍其可樂而就其可憂然徐而究其實卒未有不就其所憂而舍其所樂者嗚呼其亦弗思耳矣思之如何約備矣無以加矣謹刻以公同志者期相與不負斯約云

無錫縣學筆記序

何以使天下治曰人才何以育才曰庠序之教何以使庠序之教

慨於中有裨於世而詞家之徒以文詞已者貢聞弗貴也貢聞年三十有八遽得疾而殆疾且殆爲文自祭文具集中當世傳誦之嗟乎使貢聞而得年必入聖賢之奧必見豪傑之業其賦雖已名家必篇什富而成一代之奇故曰姱修之士志古今之大業必以年也惜哉天下之士文勝者多浮動躁擾而虧其質質勝者多沈潛木訥而虧於文貢聞何闇然也而文采流露爾爾天之賦貢聞厚矣獨不賦之年竟其所詣何邪夫子曰君子疾沒世而名不稱四十五十而無聞不足畏矣世之才人無聞不稱者豈少哉貢聞年未四十赫然以文采稱以質行稱嗣業靈均不同靈均之坎壈壒死貢聞沒而事有爲靈均所深悲者雖不得貢聞之賦一吐其胸中之奇而貢聞得以從容長逝無靈均往日回風之痛其亦幸

矣又長年者之不若而屈子不屑修王喬不死之道者也悲夫賁聞諱山毓父穎亭公爲王官福建按察使所至有惠政及民配宜人盛氏生二子賁聞其伯也銘曰世之人誰不讀書世之人誰能讀書子獨閉戶攤書悲愉痾癢一切忘之於書戒所戒於書勉所勉於書不知天壤之間更有樂可代吾書天下之書安得更遇子之於書吾悲子之逝也而且悲子之書

魏繼川先生墓表

萬曆壬辰春繼川先生魏公卒於家越三十年其子大中以工科給事中遇覃恩贈公如其官錫山高攀龍表其墓曰烏虖是古之隱君子篤行善者也宜其逕休食福後人蔚起爲時聞人與公名邦直字君賢號繼川世居嘉興後析爲嘉善人曾祖諱顯祖隱齋

翁諱繼宗父南川翁諱祥配楊生二子公行二生而從祖母抱爲子五歲復歸楊又一歲楊孺人卒俗議火葬公慟仆地曰奈何不一抔吾母南川公涕而厝不火公既娶今贈孺人薛歲饑家日控繼母周亦舉一子析箸矣周復舉子其同母兄曰是箸將焉出南川公趣溺之公亟往抱持有笞其背者弗顧薛孺人且生女並乳之會前所抱公爲子者無嗣貲頗饒公曰吾可乳吾弟不可子吾弟以代吾所當嗣者可矣季得讀書成諸生公續其命於呼吸又推讓嗣產可不謂難乎公析兄弟箸惟叔弟所與叔稱不便又惟所易叔困子母公爲買產償叔病疫戚黨戒不近公獨周旋叔起公弗疫叔曰今日乃知二哥季病瘵公締視惟謹至數年如一日南川公困傜夙夜與公太傷曰大人日僕僕公府子乃嬉嬉攤婦

子乎一切力肩四壁盡矣薛孺人娠大中至無一壓無肯寓產婦者僦於外家甫入而大中生公曰嗟乎有子矣何以餬其口於是乃訓蒙士所訓皆郵牧子公教以小學儀不急其循也教以讀不盡其力也弱而僕惥者時休之居遠而風雨午膳之跣而濯河干者必躬視之脡脯聽其至者不責其不至者人大喜曰此嚴師而慈父也爭願得就魏先生而公以遠其尊人覲饋源源大寒暑重趼不替事其兄如事父也事其舅如事母也事其鄉人之十年長者如事兄也公又推之人人與父言慈與子言孝與弟言悌與農言勤與賈言信與婦言貞有兄弟數年鬩牆者其弟來公責以大義弟大感動其兄聞之謝曰非公不能直我公曰吾第爲若弟言不直在若不在弟也若不兄與若弟不弟何以異兄亦泣自咎旦日

作別十五日五鼓渡江連日陰雨不開空度佳節蓬窗隱坐深自克省知前功之不切手勢一轉十六日早雨中登釣臺拜嚴先生祠兩峯插雲與人俱高清江駛流俯仰低徊忍不能舍自此而上山水之勝目中未見千峯翠色欲浮一道碧流縈抱真堪漁樵肥遯也二十日至常山陸行二十四日過分水嶺畢日所經兩山夾路飛泉繞足竹木喬秀亦極其勝二十五日至武夷二十六日遊九曲二曲拜蔡九峯先生五曲拜朱夫子即武夷精舍也六曲而上羽士言山勢已散無足觀余見挽舟上水甚艱遂返大抵此山峯巒奇絶中間飛泉劈瀉繞於諸峯之中遊者必以舟舟中拄頰仰觀隨水所曲峯形亦變往返所見體勢亦殊頃刻萬狀不可名言其最勝者則文公書院之間後枕隱屏前臨晚對茂林屏翳深

藏不測登高視之則諸峯羅列俱落眥際隱屏一石拔地萬仞其絶頂載土竹木蒼翠四隤則反削而入稍下有三峯附之如筍名接筍峯皆壁立無階可升有木梯千級附石而上既至半嶺鑿仄道僅可置半足橫拕鐵鎖攀而行圓轉百武始有石磴可循上皆道流居之余冒險直至絶頂然戒心亦澟澟矣再至天遊峯其峯在三曲之內陸行至其巔則出七曲之後上有菴宇可憩一望則隱屏當前三峯如架其餘諸峯皆摩其首此亦一絶勝處至九峯書院則四扼大王鐵板玉女妝鏡兜鍪諸峯攢矗可愛其餘幽勝未暇細探也留詩四絶寄長孺而去二十九日至延平會趙控江託寄李見羅先生書并許敬菴中丞書見羅以去秋書來論止修之學至是始答之見羅書云果明宗果知本真有心意知物各止

其所而格致誠正總付之無所事事的光景矣又曰格致誠正不過就其中缺漏處照管提撕使之常止常止則身常修心常正意常誠知常致而物自格矣余則以大學格致卽中庸明善所以使學者辨志定業絶利一源分剖爲己爲人之介精研義利是非之極透頂徹底窮穴擣巢要使此心光明洞達直截痛快無毫髮含糊疑似於隱微之地以爲自欺之主夫然後爲善而更無不爲之意拒之於前不爲惡而更無欲爲之意引之於後意誠心正身修善之所以純粹而精止之所以敦厚而固也不然非不欲止欲修而氣稟物欲拘蔽萬端恐有不能實用其力者矣且修身爲本聖訓昭然千古誰不知之只緣知誘物化不能反躬非欲能累人知之不至也何以旦晝必無穿窬之念夜必無穿窬之夢知之切至

也故學者辨義利是非之極必皆如無穿窬之心斯爲知至此工夫喫緊沈著豈可平鋪放在說得都無氣力且條目次第雖非今日致明日誠然著箇先後字亦有意義不宜如此儱侗此不過先儒舊說見羅先生則自謂孔曾的傳恐決不入也九月六日至安沙自延平取道沙縣萬山之中商旅罕繇悅非人世安沙而上則山益高峻皆危巖絶壁斬然兩開中瀉碧流石磴高處上下相去丈許急湍飛騰瀑注如白龍蜿蜒而下如此者凡九故名九龍其閒稍亞於龍者爲灘灘凡十八余所買清流之舟僅容兩人主僕分載自延平至清流皆逆流舟子終日傴僂負舟水中至九龍則盡一時所集之舟合數百指之力兩岸翼以百丈倒挈其舟蟃挂而上每上一龍輒至移時益以諸舟合力而輪升也余每至龍先

往山麓坐大石而觀之蔥蒨蔭人四山如圍異鳥百態弄韻而牽舟之人與水聲浤浤許許相切和應自喜以爲絶致夜則隨意所止高山水險亦不虞盜峯頭月吐邨酒小醺焚香吟詠倦而就枕中夜夢回水聲愈苦清徹骨髓數日心境得山水之助殊不小也余於壬辰之春服闋赴京計當得部欲告南以便攜家卜得一籤云一生心事向誰論十八灘頭説與君不解所謂至京而舊例忽改迺得行人此語益覺無似揭陽之命下途中偶檢程圖見綠江右至潮當經十八灘瞿然而驚又詢知從閩道徑余戲謂神無如我何業已指閩省而漳而潮矣至崇安主人云路出三山迂取清流便且從省而東更無水道勞費非計欣然從之不虞其有所謂九龍十八灘也人生分定如此世情可一笑而破矣重九至清流

山城也登高展眺野店飲酒作詩志喜縣令聞之勸入官舍辭以即次已安明日陸行十一日午至汀州有記學者在困知錄中傍晚散步康莊道旁見一坊顏曰鄞江第一山入坊得一碧雲宮爲霹靂觀觀後一山山下立石楚楚或呀然而爲谷或隱然而爲洞所在翼然有亭最勝處爲碧雲洞亦自幽澹可人復買兩舟順流而下然舟愈小而陋一竹席僅可禦兩前後風洞入爲置艸席簾蔽之偃仰其中意更舒美十五日過大姑險絶處不可屈指前所經九龍諸灘以上水雖艱而穩此皆順流且身在舟中灘流湍急從高而墮其下復亂石縱橫如牙舟別無舵舟人僅以兩槳斡旋之每下一灘舟輒刺入白浪浪裹而復出穿於石罅中幾希乎公孫大娘之劍假令張旭右軍觀之書法當更進耳余初亦不免動

色已遂視之如夷以此知險須用習習坎之義大矣午後至峯頭又當從陸雨不止家人束裝勞憊可念啓塗雨霽從山陸行十里復當從水易一舟稍敞平水隨流晝夜不泊十七日遂抵潮會唐曙臺知朱任宇已於前月抵任時亦在府遂至開元寺拜之假館寺中十八日謁道府晚赴曙臺酌余意甚暢曙臺神情不王談論不盡展也二十日飲林仰晉夜半至揭陽縣中别無公署假於李氏之祠有池有茂樹有花竹幽雅殊不陋廿一日謝恩拜聖廟晚赴任宇公宴廿五日蕭自麓公來以余寄陸古樵書故遂枉訪公舊在羅念菴先生之門以主敬爲學所見甚正談論終日歡相得也翼日復來小坐而别自是官舍中讀書靜坐之餘日有儒童以所爲文來稍正其文體爲新說所惑敢背傳註者亦反正之每旬

一會從文字中察其品略得數人十一月二府致菴莊公以王文成年譜來欲予敘而刊之余觀文成之學蓋有所從得其初從鐵柱宫道士得養生之説又聞地藏洞異人言周濂溪程明道是儒家兩個好秀才及婁一齋與言格物之學求之不得其説乃因一艸一木之言格及官舍之竹而致病旋卽棄去則其格致之旨未嘗求之而於先儒之言亦未嘗得其言之意也後歸陽明洞習靜導引自謂有前知之異其心已靜而明及謫龍場萬里孤遊深山夷境靜專澄默功倍尋常故胸中益灑灑而一旦恍然有悟是其舊學之益精非於致知之有悟也特以文成不甘自處於二氏必欲篡位於儒宗故據其所得拍合致知又裝上格物極費工力所以左籠右罩顛倒重復定眼一覷破綻百出也後人不得文成之

金鍼而欲強繡其鴛鴦其亦誤矣余於序中亦未敢無狀便說破
姑記於此初九日自麓以書來曰工夫不密內有游思則主不一
外有惰行則儀不飭非敬也必須內外協持積養深厚使此心無
少間雜斯謂能一斯謂真敬先儒曰此心有些罅隙便走又曰學
貴含蓄深固最忌洩漏某嘗自思惟只用功不密洩露太早敬爲
執事誦之毋若某之徒老而自悔也語語破的謹爲書紳且自麓
所最服者魏莊渠先生又可見其學之正矣余數年來亦殊悠悠
自出至此已三轉手勢以此知學者瞥見些光景而遂以爲有悟
者皆妄也十七日往潮陽訪自麓風日如春征行甚美午後至自
麓家劉鴻陽大參枉訪其人甚爽愷晚宿自麓別館十八日赴縣
公酌十九日覓騎往海門觀海至蓮花峯平地突起一石剖作數

片皆自相依傍削直數仞旁一片斜插勢如欲偃遠望之如蓮花尚蕊而一瓣先放者然故名蓮花峯文丞相於此佇望帝舟峯間兩石相拱如門生於其中前臨大海是日風靜浪平雖未覩洪濤猛勢而天清日麗兩儀一色閒心澹澹渾合無間命酒沃之爲成小詩歸則自麓與鴻陽攜酒西園相約以菜止五簋盡袪繁儀時潮俗頗侈蕭氏諸郎皆謂不可自麓見信獨守約言自是連日在自麓家相對靜坐自麓出念菴諸書觀之其學大要以收攝保聚爲主而及其至也蓋見夫離寂之感非真感離感之寂非真寂已合寂感而一之至其取予之嚴立朝之範又正陽明門人對病之藥也廿一日鴻陽邀遊東山遂早往拜張許雙忠祠文丞相祠韓昌黎祠其地有張許祠者宋朝二公鴻陽述其事甚奇第以怪不

可道文山公曾謁其祠輒與二公杯棬酬酢其事更怪至以所乘馬與神賭拳文山負其馬立槁至今馬冢尚在天地間感應之理要亦無足怪也自麓隨至共飲祠下鴻陽攜具亦如約酒半至泉簾亭臨流更酌既而登山眺望正當落日遠水煙生千山皆紫大海隱躍在指點之外暝色東來遂相與緩步而歸廿四日遊西巖巖不爲佳第上絕頂東山如屛繞其左南山隱隱列其右大海蒼茫於前更佳於東山之望矣歸至自麓別圃林池更幽梅花薔薇俱已盛放一爲心賞將別自麓請教曰公當潛養數年不可發露先輩皆背地用一陣堅苦工夫故得成就耳余深然之廿五日歸凡在潮陽八日廿七日曙臺之友蔡大秋來此兄瀟灑不俗與雜論圖書卦象頗亦了了十二月初八日按君王梧岡以書來先是

余具文乞休於兩臺至是以傳符假余以書差歸余在縣凡三月揭陽之民力耕自給民頗饒亦罕梗化止有凶人名陳所蕴者工于刀筆以起滅爲事潛結惡少年布滿各縣凡有睚眦之怨即令其黨揑一事訟之官此縣人必至他縣告可勝則織成其罪度不可勝則沈其案原告皆詭名官府不可問而所蕴常立於無事之地莫可誰何以是細民至縉紳莫不畏之語及必左右顧屬垣之耳而後敢發常若所蕴之日介於其側者予聞而奇之至詢其人本一士夫林氏家人子迺淫其主女後女出嫁又婉轉用計占以爲妾予始憤然以爲如是則紀綱滅矣告於任守密擒之十二日明其證佐所蕴服其辜痛治之僅不使至死辭成而上之十五日啓行任守送至三十里而別十六日至府江鎮海參府杜顧參府

名應龍一見謂予曰前聞至蓮花峯觀海恨不及負前茅公亦見鄙人海濱結搆乎余曰何居曰以祠文丞相以丞相之履及斯地也且舊有張魯菴先生者隱居不仕結茅蓮花峯下琴書自老鄙人以丞相大節震耀宇内如先生豈宜泯泯欲以先生配祀丞相爲大海生色耳予心喜以武弁那得有此見解稍稍與語此中井然殊不可得也是日赴莊二府酌十七日遊金山拜周元公祠謝陳二上舍攜盒小酌山不甚高有大石茂樹可陰可坐山巔爲宋安撫馬發合門死節之所建祠其地稍下則元公祠亭宇修潔四望亦佳晚赴沈三府酌十八日江鎮海邀遊湖山蕩舟西湖狂風觸人頗妨瞻顧湖南傍山山麓新剏梵宇後有清泉立石石上皆勝國時題名蓋舊爲學宫故登科者皆題名石上攜盒酌於活人

洞參將殊不俗把酒淋漓高談軒豁衆山如賓列石如侍者清流縈回於前俯仰俱勝落日蒼然而别赴徐道尊酌十九日啓行舊父母李公名思悦者枉顧公之涖九龍余猶未出人間於是公髮亦種種矣猶識大父静成公問知余祖嘆曰有氣概人也别去遂至韓山謁昌黎暨陸丞相祠丞相祠穨貌在雨打日暴中矣一爲長歎揭陽生儒送者皆集謝見溪名良政者余聞於曙臺以潮人惟此友向學余至郡訪之而不遇至是亦來因相與論説以勉諸生時諸生已得數人興起余在官舍編集朱子要語亦已成次第遂以梧岡及任宇所饋二十金鳩工刊之庶幾其有得門而入者耳移時别去行三十里見溪與諸生再集小酌而别三十里諸生復集余曰日莫矣不可前諸君且休諸君努力自當相遇中原與

諸君矢繼自今脫鄙人毀廉蔑檢無以見諸君諸君不克砥礪厭厭世俗亦無以相見則皆曰誠如此盟是日至黄岡廿一日將至漳浦見道旁立石大書曰宋鄭虎臣誅賈似道於此甚怪之廿二日至漳州入署則李見老來便留予過歲余亦即過其寓隨榻焉見老謂予心性之辨已自了然所爭條目耳因爲申諭明不可易且云此來必令洞然無疑方始去得予所執者本自無疑見老學已成家長者亦不敢與深辨故連日但巽心聽教受益甚多見老出見客坐中有詆宋儒者不免又起辯論其人曰至善是性體如何認作極功都沒用了余曰公自認作極功朱子未嘗如此說門人問曰至善是各造其極然後爲至否朱子曰至善是自然的道理如此說不得又曰至善是些子恰好處天理人心之極致也公

且看人心若純乎天理而無一毫人欲之私此何等境界還算不得性體否曰一艸一木皆要格如何余曰公看上下文否不知也余曰如此何以駁先儒聖賢之言隨人抑揚人欲專求性情故推而廣之曰性情固切艸木皆有理不可不察人欲泛觀物理則又曰致知當知至善所在若徒欲泛觀物理恐如大軍之遊騎出太遠而無所歸也一進一退道理森然何嘗教人去格艸木曰今日格一物明日格一物如何曰自是問者疑一物格而萬物皆通故云雖顏子亦未至此惟今日而格明日又格積習多然後有貫通處耳此於道理何疑豈曾限定公一日只格得一物邪時適有泉友張子慎名維機者來受業見羅書其所見爲質問雖尚有騎牆之見而中間有云宋之諸儒求其彷佛孔顏者惟程明道而集諸

儒大成者獨有朱晦菴大率程之學粹朱之學博程之學以誠爲主以涵養爲功以無將迎無內外爲定性其元氣之會如瑞日祥雲渾然天成朱之學主敬以立本窮理以致知反躬以踐實其表章之勤如回瀾揚波浩然東注故嘗謂道宗於宣父顏曾思紹其傳至孟子而始著道章於孟子濂溪張邵繼其絕至程朱而始著乃一再傳而不能不錮於見局於域墮於蹊而流於支則後儒之咎也吾黨未覩一班奈何輕評先輩今人士有不誦習朱說者乎青衿而遵之係籍而變之猶曰見有異同也甚至病以楊墨㢀以夷狄則豈免逢蒙之罪王新建卓識宏才疇得議之乃其徒何紛紛也有憚於修詞而逃者矣敗於名檢而逃者矣羶於聲利而逃者矣不知孔門四科果爾錯雜邪大都晉六朝之談崇莊老而明

擠之聖人之下今學者之談庰佛氏而陰奉之聖人之上宋後儒之支離不過割裂於訓解今學者之支離反至割裂於心體當今之時夷而敢於猾夏怪而敢於干常毋亦闢竅風聲密與運會而吾黨崇奉西天之教爲之徵召歟此其言雖聖人復起恐無以易也余不勝快心拜而納交廿三日蚤赴吳參將酌午赴同年温用廷黄雲寰蔣恆菴酌晚赴吳翼雲酌一日併了人事得與見老静對兩日亦極其樂見老苦欲余過歲余不免歸心見老笑予世情余亦不覺自笑耳二十六日與見老及子慎諸兄執手郊外明日至同安謁朱子祠二十八日至泉州王對南出訪拜何匪莪不遇劉景范留予清源過歲余以郡中人事雜沓不樂也去之二十九日至楓林驛四壁大樹扶疏鳥雀繞鳴寥寂之中自有深致明日

郵丞致酒寒鐙獨酌屈指庭闈尙隔三千憮然就枕元旦驛中拜
牌畢趣駕遊九鯉湖蓋迂道九十里矣日昃而至焉湖在高山之
巓山高十餘里上有亙田茂林别成世界山巓復行十餘里始抵
湖蓋山泉從福而來已四五百里至此山忽結爲一石石坎星布
其最大者可數畝深二十餘丈泉奔入坎中晝夜如雷相傳舊有
九鯉魚何仙丹成鯉皆化龍仙乘而去故名泉從此湖而溢又里
許山忽兩翼劈開斬然絶壁立地萬仞泉從中飛瀑而下如珠簾
故名珠簾泉其下不可至從山之右翼臨不測而觀之竦魂駭目
亦天下之一奇也又從右翼攀援藤葛猱身側逼而行里許則左
翼有玉柱峯一石圓立如柱水四道下注其珠簾泉至此石復下
削百丈水直衝注聲震兩壁其觀愈勝遊人以道險罕至繇此而

進則鳥道亦窮矣初二日盡日盤旋於此蕭蕭身世雲水孤清有仙祠臨鯉湖沛人晝夜偃臥其中以祈仙夢爭割鷄血以塗神口尤可怪也祠左另有官署清幽可居初三日早發初五日至省寓城外荷花亭亭俯清湖左面羣山特野曠更無寢室非冬日所宜明日早去芋源登舟以書聞於許敬菴先生徐匡嶽憲副敬菴以敬和堂集來匡嶽以來益堂集來敬菴先生之學以無欲爲主自是迥別世儒不必以大學論離合也當時濂溪無欲之學大學未經表章反覺潔淨今日人人自爲大學執此病彼氣象局促耳匡嶽以余竟去疑余過絶之且云卽欲拂衣乞先謂景陽我素二泉劍石之間有徐生之迹矣初八日陳蘭臺少參以書追至雅有志嚮爲不可及初九日至延平趙控江留小坐初十早拜李先生祠

十二早往考亭拜朱夫子其地清邃可愛書院前臨翠屏山山下滄洲泉澄泓一鑑清氣洗人後倚玉枕山皆喬松茂林朱氏五人出迎十三代孫也有名宏演者志甚向學眷然難別恨不信宿以窮山水之幽慰諸君之雅晚止武夷山房十三日以前遊未盡再窮其蘊直至九曲之終山勢既散豁然桑麻真朱子所謂莫言此地無佳景自是遊人不上來也往返三十六峯之間胸中圖畫了然意興始愜舟回復步上大王峯煖日酣人攀援過力頗爲困乏晚至崇安官舍拜趙清獻公公舊令崇安故官舍亦設其主十四至車盤風雨如晦自炎方而來此日始識寒景被褐淒其鄆丞致酒小酌而醺賦詩自戲十五日至廣信宿城外寺中大街鐙火頗鬧月色不明覓佳醪不得捺興而臥解衣則馮二府攜盒送酒來

不能再整孤懷也十七至常山從水十八至衢州二府陳敬九同年李景穎來向余津津爛柯之勝入山僅二十里竟吝一日之程十九二十大風雪舟不能前失一名勝仍留滯兩日當是柯山仙靈作祟耳廿一日行兩岸殘雪妝點野色甚佳廿三日睡起問釣臺則去之三十里矣回首慨然廿四蚤至杭州寓元妙觀范熙陽來相對半日絶非世情别去買書肆中時以范平麓之死致逮彭直指魯軒王洪陽亦革任每逢父老輒詢其事無不扼掔歎息謂二十年來未見此撫按民之不幸一至於此至言范死之故則直指絶無搏擊之實中丞更博大裕民時論之鰲甚矣廿五宿舟中明日大雪思湖上之勝神興飛舞而蒼頭倦遊卒爲所尼廿七至唐棲弔卓月坡之喪穉成兄弟留小坐會胡元敬休仲之尊人也

一市賈耳三十喪偶遂絶欲不娶二十年來稍稍知讀書求身心之要奇士也休仲亦沈潛向裏與卓穉成吳子往三人爲同志之友蓋俱有拔俗之韻焉談夜分而別廿八復雪三日不霽東風逆舟日行數里初一至嘉興風雪益甚遂易小舟而前至新安訪華蠡陽踐別時之約也秀谷在焉遠客初歸故人握手問得庭闈無恙便呼酒自慶一時風味殊不可狀酒酣下榻覺而辨色矣急起登舟至家時二月四日也秋往春歸凡歷三時云

水居記

漆湖之干有洲焉二十步三分羸一以爲廣其外池周之其外隄周之其外湖周之又其外山周之所謂軍將漆塘諸山也主人即洲作居以水爲垣豁然四達主人偃息其中以水爲娛泊然自得

或凭軒而眺或隱几而瞑或曳扶而遊目之所赴意之所遇魂魄之所安無非水也居久之于是主人閱日月升沈雲霞起滅艸木榮瘁禽魚去來與四時百物相代謝於一水之間而忘乎其爲我也居又久之於是主人且宅天宇之寥廓餐元和之膏潤乘浩氣而翩躚上下於無窮之門而忘乎其爲水也或曰子之樂微矣獨矣主人謝不敏曰夫造化者固逸余於是夫吾請問之及命之泰筮得節之兑其卦曰水澤其辭曰安節亨主人莞爾而笑乃歌曰可以樂飢泌之洋洋兮所謂伊人在水中央兮

可樓記

水居一室耳高其左偏爲樓樓可方丈窗疏四闢其南則湖山北則田舍東則九陸西則九龍峙焉樓成高子登而望之曰可矣吾

於山有穆然之思焉於水有悠然之旨焉可以被風之爽可以負日之暄可以賓月之來而餞其往優哉游哉可以卒歲矣於是名之曰可樓謂吾意之所可也曩吾少時慨然欲遊五嶽名山思得邱壑之最奇如桃花源者託而棲焉北抵燕趙南至閩粵中踰齊魯殷周之墟目觀所及無足可吾意者今迺可斯樓邪噫是余之感矣凡人之大患生于有所不足意所不足生於有所不可無所不可焉斯無所不足矣斯無所不樂矣今人極力以營其口腹而所得止於一飽極力營其居處而所安止几席之地極力營苑囿遊觀止於歲時十一之託足耳將焉用之且天下之佳山水多矣吾不能日涉也取其足以寄吾之意而止凡爲山水者一致也則吾之於茲樓也可矣雖然有所可則有所不可是猶與物爲耦也

吾將繇茲志乎可則可樓者贅矣

困學記

吾年二十有五聞令公李元沖（名復陽）與顧涇陽先生講學始志於學以爲聖人所以爲聖人者必有做處未知其方看大學或問見朱子說入道之要莫如敬故專用力於肅恭收斂持心方寸間但覺氣鬱身拘大不自在及放下又散漫如故無可奈何久之忽思程子謂心要在腔子裏不知腔子何所指果在方寸間否邪覓註釋不得忽於小學中見其解曰腔子猶言身子耳大喜以爲心不耑在方寸渾身是心也頓自輕鬆快活適江右羅止菴（名懋忠）來講李見羅修身爲本之學正合於余所持循者益大喜不疑是時只作知本工夫使身心相得言動無謬己丑第後益覺此意津津憂

中讀禮讀易壬辰謁選平生恥心最重筮仕自盟曰吾於道未有所見但依吾獨知而行是非好惡無所爲而發者天啓之矣驗之頗近於此略見本心妄自擔負期於見義必爲冬至朝天宮習儀僧房靜坐自覺本體忽思閑邪存誠句覺得當下無邪渾然是誠更不須覓誠一時快然如脫纏縛癸巳以言事謫官頗不爲念歸嘗世態便多動心甲午秋赴揭陽自省胸中理欲交戰殊不甯帖在武林與陸古樵（名粹明廣東新會人潛心白沙先生主靜之學）吳子往（名志遠）談論數日一日古樵忽問曰本體何如余言下茫然雖答曰無聲無臭實出口耳非由直見將過江頭是夜明月如洗坐六和塔畔江山明媚知已勸酬爲最適意時然余忽忽不樂如有所束勉自鼓興而神不偕來夜闌別去余便登舟猛省曰今日風景如彼而余之情景

如此何也窮自根究乃知於道余未有見身心總無受用遂大發憤曰此行不徹此事此生真負此身矣明日於舟中厚設蓐席嚴立規程以半日靜坐半日讀書靜坐中不帖處只將程朱所示法門參求於凡誠敬主靜觀喜怒哀樂未發默坐澄心體認天理等一一行之立坐食息念念不舍夜不解衣倦極而睡睡覺復坐於前諸法反覆更互心氣清澄時便有塞乎天地氣象第不能常在路二月幸無人事而山水清美主僕相依寂寂靜靜晚間命酒數行停舟青山徘徊碧澗時坐磐石溪聲鳥韻茂樹修篁種種悅心而心不著境過汀州陸行至一旅舍舍有小樓前對山後臨澗登樓甚樂手持二程書偶見明道先生曰百官萬務兵革百萬之衆飲水曲肱樂在其中萬變俱在人其實無一事猛省曰原來如此

實無一事也一念纏綿斬然遂絶忽如百斤擔子頓爾落地又如電光一閃透體通明遂與火化融合無際更無天人內外之隔至此見六合皆心腔子是其區宇方寸亦其本位神而明之總無方所可言也平日深鄙學者張皇說悟此時只看作平常自知從此方好下工夫耳乙未春自揭陽歸取釋老二家參之釋氏與聖人所爭毫髮其精微處吾儒具有之總不出無極二字弊病處先儒具言之總不出無理二字觀二氏而益知聖道之尊若無聖人之道便無生民之類即二氏亦飲食衣被其中而不覺也戊戌作水居爲靜坐讀書計然自丙申後數年喪本生父母徙居婚嫁歲無寧息只於動中鍊習但覺氣質難變甲辰顧涇陽先生始作東林精舍大得朋友講習之功徐而驗之終不可無端居靜定之力蓋

各人病痛不同大聖賢必有大精神其主靜只在尋常日用中學者神短氣浮便須數十年靜力方得厚聚深培而最受病處在自幼無小學之教浸染世俗故俗根難拔必埋頭讀書使義理浹洽變易其俗腸俗骨澄神默坐使塵妄消散堅凝其正心正氣乃可耳余以最劣之資卽有豁然之見缺此大段工夫其何濟焉所幸呈露面目以來纔一提策便是原物丙午方實信孟子性善之旨此性無古無今無聖無凡天地人只是一個惟最上根潔清無蔽便能信入其次全在學力稍隔一塵頓遙萬里孟子所以示瞑眩之藥也丁未方實信程子鳶飛魚躍與必有事焉之旨謂之性者色色天然非由人力鳶飛魚躍誰則使之勿忘勿助猶爲學者戒勉若真機流行瀰漫布濩亘古亘今間不容息於何而忘於何而

助所以必有事者如植穀然根苗花實雖其自然變化而栽培灌溉全在勉强問學苟漫說自然都無一事卽不成變化亦無自然矣辛亥方實信大學知本之旨具別刻中壬子方實信中庸之旨此道絶非名言可形程子名之曰天理陽明名之曰良知總不若中庸二字爲盡中者停停當當庸者平平常常有一毫走作便不停當有一毫造作便非平常本體如是工夫如是天地聖人不能究竟況於吾人豈有涯際勤物敦倫謹言敏行兢兢業業斃而後已云爾困而學之年積月累厥惟艱哉而不足以當智者一笑也同病相憐或有取焉甲寅孟秋記

湖山斐有旨引酒召元和觀書悟無始在昔稱達人往往契斯理撫己常泰然此樂庶可恃

山居

城郭多塵事入山意始豁炎暑絶尋游芳園轉閒潔拂簟臥看雲漱泉滌煩熱疏林來遠風虛堂入新月湛湛無交心端居見超越百營亙有極庶以善自悅

湖上閒居季思子往適至

正爾山水閒念吾煙霞友春風吹微波日莫倚楊柳我友惠然至童僕喜奔走相別歎經時相逢慮非久所歡得晤言欲言仍無有默然各自怡一室閒相偶夜深不能寐明月在東牖

讀書山中季弟攜具見過

山中讀易罷臨風弄瑤琴絲桐感憂思無言對嶇嶔有寓愛吾趣挈壺遠相尋翩翩求羊侶林下成盍簪火輪忽銜山蘭地生清陰崇雲疊布錦皓月波流金融融酒中意悠悠塵外心道勝迹自超慮澹樂非淫榮名有衰歇清和良可任

弢光靜坐

偶來山中坐兀兀二旬餘澹然心無事宛若生民初流泉當几席衆山立庭除高樹依巖秀修篁夾路疏所至得心賞終日欣欣如流光易差沱此日良不虛寄言繕性者速駕深山居

游玄墓山

春至百蟄作吾亦難幽居玄墓梅萬樹茲游豈當徐出門日以遠塵事日以疏終日棲華間志意常浩如入俗苦不足入山覺有餘

以此成荏苒欲歸還籌箸吾性最所適終當期結廬

游靜樂寺

杖策尋古寺深山縱所如古木連溪橋修篁夾細渠翳然見人家茅屋庭除虛緬懷於此中坦腹哦詩書良朋三五人列嗚南北居興來相經過直質返厥初生與羲皇侶死與天地俱

游雁蕩山

昔我愛邱山名勝在夢想去去三十年塵事空鞅掌茲游愜始願千里遂獨往望山屢馳騖入谷轉疑怳仰觀秋瀑飛頫聽潭流響陽崖峙雄突陰洞藏奇敞幽尋碧澗底遐矚紫霄上春風蕩輕陰百里見開朗青丹未可圖文翰誰能髣棲心願止託回首空悵怏勝地古今存浮生俄頃賞安得結茅廬於此一偃仰

湖上

道人不識憂隤然罕所慮匈中有奇懷常得山水助時乘酒半醺或值睡初臥獨往恣幽尋欣若有所遇有時深林行穿徑忽失路有時湖上還看雲忘所務凝目孤鳶歸傾耳細泉注所造趣未極邊陸任昏莫非關耽清娛曾是秉遠慕閑心始造理忙意多失步嗟爾行道人迫迫焉所赴

輿中

輿中何所務得已聊自媚周道亦何遙元景去如騖前涂有佳人麗服策名驥輕風吹遠芳望之不可企遠望欲何爲行行慎吾事雲斂山氣佳風定水容粹所以至人心貞吉在不二妙處絕幾微如醒半如醉自得此中玄萬事皆如棄其玄本無色君子以爲賁

客涂

旭日照輿中仲冬藹如春焚香玩義易瞑目怡心神每入野店中宛若家室馴糲飯甘如飴邨醪白於銀充然醉飽後晏臥芻稾茵但覺無事樂不知客涂辛望望故園近歲杪兒孫親

采鞠

天地有終極人生豈常爾年壽不可知富貴焉足恃昔爲春邊荑今隨秋艸雜四時更代謝百年遞成毀區區世人心詎能違物理所以采鞠翁悠然了斯指

異艸

南山有異艸不逐衆卉榮古澹無顏色幽芳有餘情結根千仞岡似吸陰陽精小物有至性近垢不得生嚴霜無遺秀卓彼猶崝嶸

雖非松柏質可結歲寒盟世無知之者含風以淒清

黃龍菴訪超然上人

山深晝寂寂樵語聲屑屑一徑入青藹竹木更秀潔有僧赤脚眠長嘯天地裂見我掇衣起坦腹笑咥咥任真無蓋藏布懷不曲折摘茗煑鮮泉豆芋楚楚設充然可供客足已了不缺引我看泉石發興皆奇絶揮手別之去中心自怡悅

題吳之矩雲起樓

吾友搆高樓上與南山友推窗延諸峯憑几揖羣阜樓中列萬卷亦貯泉百缶彝鼎皆商周圖書悉科斗客來賞奇文疑義相與剖遞品陽羨茶呼取惠山酒或時自晏坐澹然一何有青山時出雲白雲時入牖倏忽曳作衣亦或變爲狗起滅千萬端巧歷能算否

君平嘗避世仲蔚愛閒居城市何妨隱蓬蒿豈必除榻留孤劍伴
人共一瓢餘滌盡人間念吾將返厥初

秋月同張伯可吳子徵泛溪

不作清溪泛空令此月孤寒煙浮欲出遠嶼淡疑無日月高鳧鵠
行藏長荻蘆棲遲何必惡秋色有吾徒

戊午春月朔登子陵釣臺

桐江一片石千古白雲橫世亂無寧宇巖棲得此生漁樵亦偶爾
富貴豈吾情啾嘆空山士安知後世名

水居

有客風塵歸去來兀然孤坐水中臺九龍山似翠屏立五里湖如
明鏡開春雨蕨肥菰米飯秋風鱸美蘜花梧蒹葭白露伊人在泫

向江天亦快哉

水居獨坐

獨坐孤亭四望寬夜深明月瀼溪寒歸來山色如相許老去秋風轉自安萬里雲霄看燕雀百年天地有金蘭尸居未可言匏繫屈指山林事更難

水居閉關

幽居無事不開顔爲惜春光只閉關兩眼情親惟綠野一生心契有青山桃花灼灼鳥啼寂柳絮飛飛人意閑緩步溪頭看落日月明深竹抱琴還

卽事

萬里迢迢昏色開千秋藹藹野芳來孤舟最喜青山伴倦眼多爲

綠樹同邑里過時驚薄俗衡門深處念時才可憐無盡乾坤內百念消歸一酒杯

同許靜餘先生游山

新涼甘雨徧汀洲况復山中桂樹秋以我中年窺靜理知君晚節解閑游喜看巖竹穿幽徑愛聽松風上小樓滿地夕陽收拾去幷將明月載歸舟

同洪平叔游武夷

連宵陰雨長春落方駕山中雲即開峯勝正愁舟急過灘高絕便首重回排雲巖竹山山出映水春花曲曲來薄暮天游最高頂可無評月醉深杯

次劉伯先閑關韻

在在名山寂寂峯淵泉深處有潛龍非於太極先天覷只在尋常日用逢當默識時微有象到名言處絶無蹤洗心藏密吾曹事長掩衡門獨撫松

靜坐吟三首

靜坐非玄非是禪須知吾道本於天直心來自降衷後浩氣觀於未發前但有平常爲究竟更無玄妙可窮研一朝忽顯真頭面方信誠明本自然

一片靈明一敬融別無餘法可施功乾坤浩蕩今還古日月光華西復東莫羨偃家烹大藥何須釋氏說真空些兒欲問儒宗事妙訣無過未發中

一自男兒墮地來戴高履厚號三才未曾一膜顏先隔何事千山

首不回一靜自能開百障老翁依舊返嬰孩從今去郤蒲團子緄海鵬天亦快哉

戊午吟二十首

戊午吟者謂是年所見然也春氣動物百鳥弄韻人心至閑自有無腔之韻悠然而來足以吟諷吟者不可謂詩所吟者不可謂道姑就行持心口相念云爾

聖賢止是學爲人學不知天人未真天在人身春在木人居天內木涵春萬殊精別方知義一本窮硏始識仁試看天人無間處不知天道豈知身

莫爲爲者是真機稍著安排便已非桃自鮮紅李自白魚能淵躍鳥能飛不知本體原如是安得工夫妙入微看盡古今差謬處只

緣些子見相違

千聖傳心一敬修不知真敬反成因欲求一得且永得須下千休與萬休疏水曲肱常浩浩百官萬務儘悠悠廓然天地渾無事一物匈中豈足留

中庸二字聖真詮來自唐虞一脈傳本體覩聞爲入竅工夫戒懼是天然但從庸行庸言裏直徹無聲無臭先此是人人真本色可憐千古作陳編

格物無端成聚訟起於知本二言分但知知本即知至格物何曾有闕文本在操舟方有舵本迷亂國爲無君只翻誠意一錯簡滌蕩青霄萬頃雲

知本緜來義最深須從物理細推尋一靈充塞皆爲物萬象森羅

總是心心正涓流俱到海身修點鐵悉成金細窮物理無多事只
在兢兢顧影衾
不將一事挂胸中蕩蕩乾坤在此躬恰似雲開天穆穆更如冰泮
水瀜瀜因無邪妄名爲寂豈謂虛無卽墮空履薄臨深緣底事只
愁無浪又生風
吾儒窮理最爲先理徹心空不入禪窮是十分到底處理須一物
不容前六經盡向躬行諭一字不從文義牽自有豁然通貫日方
知日用是真玄
物物其來有定則自然之則謂之天但因在物付各物一任紛然
本寂然隨處家庭堪作佛無須巖壑始修僊此機實在程門顯何
事廬山不細硏

聞道如何可夕死死生原是道之常不聞有晝可無夜幾見無陰只有陽道在何從見壽殀心安始可等彭殤更於此外求聞道蹋偏天涯徒自忙

萬物同生形不同犬芉人性豈相通因觀物性明人道始信人倫是聖功仁義非於明察外愚蒙偏蔽事爲中雖云此理幾希甚兩字金鍼是反躬

天載無形觸目真羲皇兩畫寫其神六爻雖列上中下一物彊分天地人讀去還知非汝密悟來方始是家珍試看爪髮生生處何但枝頭可覘春

見易更須知用易聖人原只用中庸剛柔見處幾先吉中正士時動即凶能懼始終皆免咎存誠隱顯悉成龍莫言卜筮用爲小動

靜須占是易宗

人心偏倚道心中凡念回旋卽聖功精是不迷如日照一爲不二與天同篤恭爲執辰居所未發爲中水不風聖智聰明收斂盡寂然不動感而通

孝是修行無價珍此身在處卽吾親一禽一艸非時翦五辟三千律可論食德飲龢供菽水朝乾夕惕省昏晨不分富貴與貧賤大孝光天是守身

事事精詳是與非紫陽以此示全歸初經勉彊須堅苦漸近天然妙入微精義無過能擇善入神還只是知幾須知聖學無多法尺寸基培萬仞巍

言行須從擬議成不從擬議失權衡擬言本自三緘慎議動繇於

百煉精率意豈真爲率性爭先或恐是爭名須知變化方爲易變化原從擬議生

朱陸當年有異同祇於稽古稍殊功存心自合先知本格物無過要識中六籍漫從鹵莽過一靈那得豁然通前賢指示皆精切後學無譌是晦翁

精氣爲軀造化功遊魂爲變浩無窮如何謂死爲滅盡反落禪訶斷見中神化自然稱不測有無不著是真空莫將空字謾歸佛虛實原於微顯同

學人須自立根基三戒當先謹獨知無分少壯老異境一於財色鬭嚴持鎮重常如五岳峙防危更似九河隄大廷暗室心如一玉粹金精體不虧

至水居

何事驅車緇洛塵歸來煙水味逾真寒塘古岸五衰柳落日秋風一老人兀坐冥然天地古觀書悅爾性情新未須蒿目憂時事聞道明君信直臣

水居飲酒詩三首

憂危不爲己放逐豈忘君但願常太平把酒看白雲

有客知我好致我長春花花紅映酒紅日夕飲流霞

春氣暘人意桃花滿邨家人如不爲樂天卻無此花

齋中對菊

白日林中靜秋風此室閑黄花無限意相對一開顔

游光山中雜詩五首

開窗北山下日出竹光朗樓中人兀然鳥雀時來往

山朦濃於染丹楓間翠竹遠見白日閒山僧結小屋

寒風客衣薄依巖暴朝旭坐久不知還山童報黍熟

日暮山寂然樹嚮棲鳥下獨行深澗邊野花摘成把

時穿深竹坐人境忽如失落日照前山松間一僧出

白雲篇二首

遥望白雲來轉見白雲去白雲去不來不知散何處

心隨白雲遠亦隨白雲遲欲隨白雲滅白雲無盡時

題畫竹

此君有高節亭亭自孤植總多千畝陰下礙青山色

秋花詠六首

也論者以爲分心與理爲二不知學者病痛皆緣分心與理爲二

朱子正欲一之反謂其二之惑之不可解久矣

古本大學說格物本自明白曰此謂知本此謂知之至也只緣以此二語爲錯簡故格物遂成聚訟然程朱工夫原不異本旨何以不曰此謂物格此謂知之至而曰此謂知本此謂知之至曰格物而不知本不謂物格知本之謂物格故知本之謂知至

萬變皆在人執一毫我不得萬化皆在身求一毫人不得此處透真格物矣

學有無窮工夫心之一字乃大總括心有無窮工夫敬之一字乃大總括

心無一事之謂敬

千聖萬賢只一敬字做成

性不可言聖人以仁義禮智言之心不可言聖人以敬言之不知敬之卽心而欲以敬存心不識心亦不識敬

人之生也直敬以直內而已人之生也直本體也敬以直內工夫也

主一之謂敬無適之謂一人心如何能無適故須窮理識其本體所以明道曰學者須先識仁識得仁體以誠敬存之而已故居敬窮理只是一事

朱子立主敬三法伊川整齊嚴肅上蔡常惺惺和靖其心收斂不容一物言敬者總不出此然常惺惺其心收斂一著意便不是蓋此心神明難犯手勢惟整齊嚴肅有妙存焉未嘗不惺惺未嘗不

收斂內外卓然絶不犯手也

心中無絲髮事此爲立本

理不明故心不靜心不靜而別爲法以寄其心者皆害心者也

孔子操則存四句畫出人心惟危道心惟微真像

人心戰戰兢兢故坦坦蕩蕩何也以心中無事也試想臨深淵履薄冰此時心中還著得一事否故如臨如履所以形容戰戰兢兢必有事焉之象實則形容坦坦蕩蕩澄然無事之象也

一念靈明照耀今古然人心所覺以爲歷歷分明者非真明也是有意焉時起明滅者也真明者其明命乎古人顧諟蓋實體如是非見也有見則妄矣

此心廣大無際，常人局於形囿於氣縛於念蔽於欲故不能盡盡

心則知性知性則知天天無際性無際心無際一而已矣

程子曰天人本無二人只緣有此形體與天便隔一層除卻形體渾是天也形體如何除得但克去有我之私便自除也愚謂真知天自是形體隔不得觀天地則知身心天包地外而天之氣透於地中地在天中而地之氣皆天之氣心天也身地也天依地地依天天地自相依倚心依身身依心身心自相依倚剛柔相摩如此纔著意便不是

天在人身爲天聰天明爲良知良能率其自然便是道參不得絲毫人爲

六經皆聖人傳心明經乃所以明心明心乃所以明經不明心者俗儒也明心不明經者異端也

無雜念慮卽真精神去其本無卽吾固有

白沙曰千休千處得一念一生持若非千休亦無一念

當得大忿懥大恐懼大憂患大好樂而不動乃真把柄也

心卽精神不外馳卽內凝有意凝之反梏之矣

心要在腔子裏是在中之義不放於外便是在中非有所著也故明道說未發之中停停當當直上直下此中之象也出則不是放之謂也物各付物便是不出來不放之謂也

人與物同一氣也惟人能集義養得此氣浩然其體則與道合其用莫不是義故曰配義與道

孟子心之官則思思則虛靈不昧之謂思是心之睿於心爲用著事之思又是思之用也

一念反求此反求之心卽道心也更求道心轉無交涉

須知動心最可恥心至貴也物至賤也奈何貴爲賤役

知言則知道氣自浩然浩然之氣卽天也天不動故孟子不動心

在善養浩然之氣若不知天欲此心作得主定如何可得

明道曰人心必有所止無則聽於物此不動心之道也

心是定他不得的越定他越不可定惟是止於事則自定物各付

物之謂也格物者格知物則各還其則物各付物也

不以天明心心不可得而明也不以心明天天不可得而明也

心之仁如目之明耳之聽目本明耳本聽心本仁本體也明者還

其明聰者還其聰仁者還其仁工夫也

何以謂心本仁仁者生生之謂天只是一箇生故仁卽天也天在

人身爲心故本心爲仁其不仁者心蔽於私非其本然也

人身內外皆天也一呼一吸與天相灌輸其死生特脫其闔闢之樞紐而已天未嘗動也

朱子謂學者半日靜坐半日讀書如此三年無不進者嘗驗之一兩月便不同學者不作此工夫虛過一生殊可惜

濂溪主靜主於未發也

主靜之學要在愼勤

言動一差虛明無事中如水著鹽如麵著油欲靜而不可得人生無穿窬之事則無穿窬之夢非禮不動皆如不爲穿窬心自靜矣

靜中看工夫動中看本體工夫未是靜中作主不得本體未真動中作主不得

工夫不密在本體不徹本體不徹又在工夫不密學無動靜其初靜以澄之至不緣境而靜不緣境而動乃真靜也靜如是動不如是者氣靜也靜如是動亦如是者理靜也理靜者理明欲靜胸中廓然無事而靜也氣靜者定久氣澄心氣交合而靜也理明則氣自靜氣靜理亦明兩者交資互益以理氣本非二故默坐澄心體認天理爲延平門下至教也若徒以氣而已動即失之何益哉

默坐澄心體認天理者謂默坐之時此心澄然無事乃所謂天理也要於此時默識此體云爾非默坐澄心又別有天理當體認也

但自默觀吾性本來清淨無物不可自生纏擾吾性本來完全具足不可自疑虧欠吾性本來蕩平正直不可自作迂曲吾性本來

廣大無垠不可自爲局促吾性本來光明照朗不可自爲迷昧吾性本來易簡直截不可自增造作

復以自知所謂獨也不遠復所謂愼獨也

朱子曰必因其已發而遂明之省察之法也吾則曰必因其未發而遂明之體認之法也其體明其用益明矣

真知天命可畏是真愼獨

龜山曰天理卽所謂命知命只事事循天理而已言命者惟此語最盡

儒者之學只天理二字最微可以自詣而難於名言明道津津言之伊川晦翁皆體到至處

窮理者天理也天然自有之理人之所以爲性天之所以爲命也

在易則爲中正聖人卦卦拈出示人此處有毫釐之差便不是性學

天理既明如權衡設而不可欺以輕重如度量設而不可欺以長短合此則是不合此則非以此好惡以此用舍以此刑賞

易簡而理得矣中庸其至矣乎聖人示人竭盡無餘天理於此而見

一念反躬便是天理故曰不能反躬天理滅矣

問知覺之心與義理之心何如朱子曰纔知覺義理便在此纔昏便不見了又曰提醒處便是理更別無天理繇此觀之人心明即是天理不可騎驢覓驢

朱子謂孟子道性善是第一義若信得及直下便是聖賢學者信

關最難過此關不過雖知可欲之善亦若存若亡而已

離郤生無處見性而孟子所謂性與告子所謂性所爭只在幾希故曰人之所以異於禽獸者幾希

理欲之界截然各別不可有一毫之混聖凡之體渾然無二不可有一毫之歧

不誠無物參前倚衡立卓誠後自然如此

性可默識不可言求何者性無形體安得以言形之惟吾夫子以中庸二字言性故中庸首言天命之謂性末言上天之載無聲無臭中庸一書只說得一性字而已非夫子不能傳此二字非子思不能傳此一書

唐虞言中至子思始明之曰喜怒哀樂之未發謂之中萬古於此

明中於此明性於此明道朱子謂子思憂道學之失其傳而作信哉

龜山門下相傳靜坐中觀喜怒哀樂未發前作何氣象是靜中見性之法要知觀者卽是未發者也觀不是思思則發矣此爲學者引而至之之善誘也

聖人之所謂庸皆性命也常人不著不察之倫物庸而非中矣故庸而非聖人之庸聖人之所謂中皆日用也二氏不論不物之明察中而非庸矣故中而非聖人之中

佛氏最忌分別是非如何紀綱得世界紀綱世界只是非兩字聖人因物之是而是之因物之非而非之我不與也此所以開物成務

還他本色原不曾有別樣伎倆世間人便儇巧利的果是難與入道質樸老實的果是十室而有聖人便曉得這個忠信若不學便逐日澆散若不學也不能究竟堅固的所以終日孜孜如饑食渴飲如救焚拯溺一生只做得一件事不過是這個忠信非是把忠信做個基本之外又有甚學問也於此見聖人所謂聰明睿知者只是認得這忠信真做得這學問徹其不可及者乃在此若使十室之忠信有肯回頭猛省的豈不是絕世聰明睿知

我未見好仁章　乙卯

聖人論爲仁此章至爲嚴密人心只有好惡二者自有知覺以來無意不逐於外物都離根去了惟好仁惡不仁方始反情復性好仁惡不仁總是一個仁好之者保聚之也至無以尚之方無一念

夾雜惡不仁者防閑之也至不使加身方無一息間斷尙卽是加夾雜處間斷處渾身已不仁了無加無尙是全體至極純一不已境界故聖人未見然卻人人可到何也好惡之力人人具足也此力用之於外物便有不足幾見好富貴的都好得來惡貧賤的都惡得去可見有用力不得處若用於仁幾見有好仁而好不來惡不仁而惡不去者可見無不足之力也一日用力是人生大翻身處將從前散漫精神一切收拾轉向身來豈但無不足當日殭日盛亹亹而不能已故聖人又爲疑辭以決言其未見也吾輩今日只要窮究得無以尙之實理人生以來除了這個仁更有何物今各人胸中營營擾擾的子細推究何者不是虛妄卽如此身究竟終非我有原其所始反其所終豈不是只有此仁更有何物可以

尙之若一事不仁一息不仁自家性命即時喪失了由此觀之天下之可好者孰有甚於仁可惡者孰有甚於不仁若實信得自不患不用力矣

仁遠乎哉章乙卯

人心道心非有兩心一撥轉便天壤懸絕聖人於此常示轉換法如欲富貴惡貧賤人心也而轉之爲不處不去之仁欲立欲達人心也而轉之爲立人達人之仁論語中兩說欲仁仁如何欲又如何至此是即刻可驗夫欲者人之心也仁者心之道也以心欲道卻成兩個了不知只是這個心逐物而外馳便是欲反躬而內斂便是仁由馳而斂卻如由外而至者然故曰我欲仁斯仁至矣此是聖人教人點鐵成金超凡入聖最捷法念頭撥轉向裏便是或

曰人心內矣如何便爲仁曰仁是生生之理充塞天地人身通體都是何曾有去來有內外自人生而靜以後誘物爲欲遂認欲爲心迷不知反耳若一念反求此反求者卽仁也別尋個仁卽誤矣曰如此不幾認心爲性乎何以言心不違仁曰心性不是兩個但看人所達何如程子謂人心反復入身來自能尋向上去下學而上達者也心是形而下者仁是形而上者達則卽心卽仁不達則心只是心看人自得如何心不違仁者其心常仁如目常明耳常聰之謂人心常收斂卽常仁矣此一轉念是生死關頭千聖都從此做成

克己復禮章乙卯

聖門以禮教門弟子皆使由禮求仁禮與仁皆性也何以禮之不

論數日古樵潛心白沙主靜之學先生得其提醒自歎于道尚未有見總無受用發憤曰此行不徹此事此生真負此身矣舟中嚴立規程取前所爲半日靜坐半日讀書者反覆行之當心氣澄清時有塞乎天地氣象在路兩月如武夷天游九龍十八灘險絶奇絶處不可屈指靡不畢領其勝憩九峯書院登子陵釣臺溪聲鳥韻茂樹修篁種種悅心而心不著境自謂得山水之助不小過汀州登旅舍小樓甚樂手持二程書偶見明道先生曰百官萬務兵革百萬之衆飲水曲肱樂在其中萬變俱在人其實無一事猛省曰原來如此實無一事也一念纏綿斬然遂絶忽如百斤擔子頓爾落地又如電光一閃透體通明遂與大化融洽無際更無天人內外之隔至此見六合皆心腔子是

其區宇方寸亦皆本位神而明之總無方所可言也平日深鄙學者張皇說悟此時只看作平常自知從此方好下工夫耳至揭陽不以謫官閑散怠于職事日於衙齋課士正文體釋書義兼編集朱子要語刊示之生徒興起者數十邑令爲同年朱任宇先生訪知民情吏弊悉心啓告臨行殛一凶人陳所蘊工起滅報睚眦占主女細民至鄉紳地方官府莫敢誰何先生窮治其罪竟置之法遊蓮花峯謁文丞相祠周元公祠韓昌黎陸丞相祠所得友爲蕭自麓自麓故羅念菴先生門人以立敬爲學所見甚正署事三月假差歸别自麓請教曰公當潛養數年不可發露先輩皆背地用一陣苦工夫故得成就耳先生深然之啓行諸生不遠百里相送臨别依依謂曰諸君努力自當相遇

中原與諸君矢繼自今脫鄙人毁廉蔑 [illegible] 無以見諸君諸君不克砥礪厭厭世俗亦無以相見則皆曰誠如此盟至漳州謁李見羅先生辨論大學格致之旨謂大學格致即中庸明善所以使學者辨志定業絶利一源分剖爲己爲人之界精研義利是非之極要使此心光明洞達直截痛快無毫髮含糊疑似於隱微之地以爲自欺之主夫然後爲善而更無不爲之意拒之前不爲惡而更無欲爲之意引之後意誠心正身修善所以純粹而精止所以敦厚而固也不然非不欲止欲修而氣稟物欲拘蔽萬端恐不能實用其力矣且修身爲本聖訓昭然千古知之只緣知誘物化不能反躬非欲能累人知之不至也何以旦晝無穿窬之念夜必無穿窬之夢知之切至也學者辨義利是非

之極必皆如此期爲知至此工夫喫緊沈著豈可平鋪放在說得都無氣力且條目次第雖非今日致明日誠然著個先後字亦有意義不宜如此籠統過延平拜李先生祠往考亭拜朱夫子祠過崇安拜趙清獻祠蕭蕭身世雲水孤清自謂出門至此學力已三轉手勢

序王文成年譜　作陽明說辨共四首

二十三年乙未三十四歲　二月抵家

再取釋老二家參之爲釋氏與聖人所爭毫髮其精微處吾儒具有之總不出無極二字弊病處先儒具言之總不出無理二字觀二氏而益知聖道之尊若無聖人之道便無生民之類即二氏亦飲食衣被其中而不覺也

二十四年丙申三十五歲　繼成公陸夫人偕壽七十先生同昆
弟稱觴宴客
三月六月連遭父母喪
遵喪禮不二斬稱降服子居喪竭力襄事父遺命析其產而七
之先生推以讓諸兄弟不得盡出爲喪葬費餘置義租贍親族
分贍祖妾之無子者
二十五年丁酉三十六歲
二十六年戊戌三十七歲　作水居爲靜坐讀書計
數年間徙居婚嫁歲無寧息而動中煉習靜中温養工夫卒未
始頃刻廢於水居搆一可樓可者言無所不可也茅檐數椽極
湖山之致謝客棲息其中動以旬月計偶遠近同心如歸季思

吳子往諸先生來訪相與瞑目焚香閉關趺坐坐必以七日遊陽羨諸山則坐龍池頂遊武林諸山則坐跋光黄龍菽秋菴作復七規程是秋會同志於二泉之上與管東溟辨無善無惡之旨作山居課程

二十七年己亥三十八歲

偶至黄巖縣謁靜成公祠父老咸嗟嘆之云此高一合孫也蓋靜成令巖時民無滯獄只帶合米可了故云

二十八年庚子三十九歲

與吳子往等靜坐水居日記云日逐只是顧諟明命爲工夫又云一日覺氣在胸膈稍滯思調息息最微若有若無誤認氣爲息而調之大害事矣次日便覺多郤調息一念只是誠無爲著

些子不得也

二十九年辛丑四十歲

八月偕四郡同志會講於樂志堂

三十年壬寅四十一歲　輯朱子節要成

三十一年癸卯四十二歲　註張子正蒙完

三十二年甲辰四十三歲　東林書院成

錫東林者宋龜山楊先生講學之所廢爲僧院邵文莊公所修復王文成記可考也後復變爲僧院先生與顧涇陽先生弔其墟闡於當道葺道南祠搆講堂書舍相與講習其中朔望小會春秋大會歲以爲常涇陽倣白鹿洞爲會約先生爲之序自涇陽歿先生獨肩其責每會取儒釋朱陸之辨文成文清真悟真

修之辨爲己爲人義利公私欺謙邪正之辨時時拈示洗發痛快令人劃然開油然得尤謂學者雖得朋友講習之功不可無端居靜定之力蓋各人病痛不同大聖大賢必有大精神其主靜只在尋常日用中學者神短氣浮便須數十年靜力方得厚聚深培而最受病處在自幼無小學之教浸染世俗故俗根難拔必埋頭讀書使義理浹洽變易其俗腸俗骨澄神默坐堅凝其正心正氣乃可耳

三十三年乙巳四十四歲　作異端辨

先生遊武林遇一僧原係廩於學宮一旦叛入異教著書數種多抑儒揚釋之語因摘取其言各剖破之分四條刻遺書

三十四年丙午四十五歲　實信孟子性善之旨同顧涇陽先生

會於虞山書院商語小引

三十五年丁未四十六歲　實信程子鳶飛魚躍與必有事焉之旨立家訓析諸子產有量入約

三十六年戊申四十七歲　赴毘陵經正堂會　爲大水災條議救荒　爲同區設立役田

三十七年己酉四十八歲　赴金沙志矩堂毘陵經正堂會

三十八年庚戌四十九歲　六月講學焦山段幻然主會　赴嘉禾天心書院會

三十九年辛亥五十歲　實信大學知本之旨

訂古本大學　三月講學于金沙志矩堂　四月講學於荆溪明道書院　秋赴毘陵經正堂會

四十年壬子五十一歲　實信中庸之旨
四十一年癸丑五十二歲　三月講學於金沙志矩堂　九月靜坐武林跛光山中著靜坐說　十一月延錢啓新先生講易東林
四十二年甲寅五十三歲　春舉同善會以贍鰥寡孤獨中有節孝者尤加惠之　赴荆溪明道書院會　七月作困學記
四十三年乙卯五十四歲　著理義說氣質說未發說朋黨說
四十四年丙辰五十五歲　赴毘陵經正堂會
四十五年丁巳五十六歲　赴荆溪明道書院會
四十六年戊午五十七歲　有戊午吟
四十七年己未五十八歲

四十八年光宗貞皇帝泰昌元年庚申五十九歲　八月神廟賓

天光宗卽位罷商稅發內帑起廢籍朝政一清甫一月鼎湖再

泣先生方講學東林凶問至爲之輟講

十月少司寇鄒南皐先生疏薦

十一月御史方孩未疏薦

熹宗哲皇帝天啓元年辛酉六十歲　正月作壽戒

先生云人生六十老矣老人年日增事當日減患減之未盡不

患減之過當以目前最切者減之戒壽文壽詩壽卮壽服壽畫

壽屛壽鐙壽筵演戲集分迎賓等禮守此七戒老人澄然無事

矣無事之樂更有何樂似之乎

舉鄉飲大賓

三月詔起光祿寺丞　九月啓行至京

是冬別東林諸友北上以會講事屬葉閑適吳覲華主盟再拜囑曰畢竟此事爲吾輩究竟第此行原殉君親二字可歸即歸不使東林草深也到任作一聯黏堂中云精白厥衷一率其不損不加眞性靖共爾位勿昧其可仕可止本心

二年壬戌六十一歲　正月陞本寺少卿贈嗣父母奉政大夫宜人移贈本生父母亦如之　著乾坤說心性說寅直說　太廟春祭執事

時寺官正貳皆缺備極煩勞元夕上供九般茶飯缺天鵝羣璫恣索先生唯唯密疏援累朝例以家鵝代用旨下帖然

裁無名供費　發鋪行物價革諸曹鋪墊　又以餘糧振士之貧

者

先生云光祿事雖多儘做得去初間尚有中官聒擾事事不放過事事不已甚遂帖服不敢動今益沛然矣但不可便以此爲盡職他事一切不管此等職事全算不得也旣而廣寧失陷人心皇皇先生獨鎭以安靜

疏請破格用人以備不測

薦孫愷陽董應舉李之藻鹿善繼及愼識內守令之選行保甲防禦之法俱允行

疏請逐鄭養性

疏內云乞將鄭養性等發回原籍李如楨崔文昇明正典刑庶危疑可釋隱禍可銷報聞

議方從哲無君之罪

時孫淇澳爲大宗伯疏論從哲紅丸事先生見之曰此一部春秋也得旨下部院九卿科道會議先生力持正論不少顧忌議具別刻人以爲鐵案又嘗黏一聯於室云得閑且閑今日莫思明日事當做便做一年可作百年人未幾轉太常寺少卿於祀典多所釐正

疏陳務學之要致治之本

疏內復及方鄭傳旨欲重處福清爭曰此人有重望若處滿朝必爭吾亦與之同去僅罰俸先生在京一年汲引後進之賢充滿朝宁言路中賢者稍動爭端便力止之不使玄黄之戰再見於起廢之後嘗謂默然融化乃是道理煦然調停即屬世情二

者天壤不侔弁調停之意一切泯之

九月轉大理寺右少卿

時掌院鄒南皋副院馮少墟建首善書院立講學會給事朱童蒙騰疏顯詆指意歸重東林欲天下以講學爲戒先生欲具疏辨適奉明旨如日中天乃具揭以明其是非已而鄒馮兩先生請告歸詞林文湛持亦抗疏歸先生三疏抗辭不允有論學揭罷商稅揭

八月奉命慶陵掩龍口祭告

十一月晉太僕卿

疏辭復不允中有講學何罪頓空法紀之臣禁學何名欲行聖明之世又有陰陽交爭上下隔塞邪氣所干元氣大伐等語以

身疾喻朝政也　除夕太廟陪祭

三年癸亥六十二歲　乞差歸　明討賊之義　周易孔義成

給事王志道疏論兩朝事淆雜不倫先生致書駁之略云人臣爲國當杜漸防微懲前毖後不宜爲亂賊脫罪爲君父種禍夫張差制梃美女代劍先進熱藥後進泄藥彰明較著中外共知孰得諱之諱之一字爲亂賊設護身之符加以誣謗二字又爲亂賊立箝口之法大義所關不容隱忍也　向著周易孔義舟中卒業

四月抵家復尋東林之社

先生雖歸朝中諸君子實未嘗一日忘先生卽家起用

十一月陞刑部右侍郎疏辭不允　皇子誕生推贈三代廕一子

學選擇盡皆得人士習民風不無少補

十月頒曆陪祭　疏請挺擊案三臣謚廕奉旨下部不行

李俸張庭陸大受三臣也爲君父告變執法買罪竟抑鬱齎志以歿先生特請謚廕以旌其忠魂會朝局大變不行

覆吉人及時宜用疏

御史喬承詔疏薦王紀鄒元標滿朝薦徐大相馮從吾李炳公諸正人奉嚴旨切責下部院參看先生復疏力薦之亦不行

具申嚴憲約疏　未及上罷歸

疏云臣觀天下之治端本澄源必自上而率下循法守職必自下而奉上故朝廷恩澤至州縣始致之民州縣者奉法守職之權輿也州縣賢則民安州縣不賢則民不安顧天下爲州二百

二十一爲縣一千一百六十六豈能盡得賢者用之賢者視君爲天不可欺也視民如子不忍傷也奉法守職出於心所不容已非有所爲也其次則有所慕而勉於爲善有所畏而不敢爲不善其下則不知職業爲何事法度爲何物恣其欲而已是民之賊也故爲政者拔賢才除民賊約中人天下惟中人最多約之於法皆不失爲賢者太守約州縣者也司道約府縣者也撫按則無所不約約之使人人守法如農之有畔焉而無越思則天下治矣列州縣所當行者五十餘條凡農桑水利敦教化育人才正人心厚風俗刑名錢穀積貯給散保甲防禦聽訟恤刑彰善癉惡剔蠹釐姦之法纖悉備具巡方者另有禁約欲行當行之事將次第舉行因會推巡撫事起不果掌憲僅月餘人以

先哲叢刊第四輯

錫山補志

邑後學侯鴻鑑敬題

中華民國廿年八月
中華書局用聚珍倣宋字排印

錫山補志序

吾錫邑乘始於王仁輔元志明有洪武景泰萬歷三志清有康熙乾隆嘉慶道光光緒五志復有金匱志鴻鑑偕同人集款首刊元志於先哲叢刊第一輯茲得錢梅溪先生錫山補志一卷擬刊入第四輯惟此編殘缺不全改竄未竟想爲當時草稿原本纂集未告殺青篇幅尙多曳白類目雖分廿六卷帙尙缺十門且前後多參差之處記載有未了之文於是鴻鑑手錄副本躬事校讎順其目次而上下其原文凡殘缺模糊之字均以空格存其疑有先後顚倒之篇附以按語明其故豕魚之誚或可免夫表彰之心不容已也蓋網羅一邑殘編闕疑待考深幸鄉賢手澤從此常存儘使抱殘守闕或者貽笑時賢化蠹硏蟫亦足保存舊籍云爾

中華民國十四年夏五下澣邑後學侯鴻鑑拜序

錫山補志

楳華溪居士錢泳編　十二山人安念祖校

邑志猶古諸侯國史定千秋之公論爲後世考信者也非同著書爲一家之言又非如小說傳奇可爲空中樓閣任意毀譽也又非如家書經帳平鋪直敘無關風化又無體要也況我錫山泰伯開國以至于今人文則理學經學史學相業循吏孝子忠臣高士義士氣節文章皆超軼絶倫修志者必有德有識有才有筆兼作三長而後能有直筆有關風教而成考信之書蓋有德則無名心利心而有虛心實心有識則知體裁而不遺先賢古蹟先賢古文不濫收無稽之言有才則有討論有筆則簡而該達而有體自前明以來凡新舊志多出于秦華二族有成功不費不可及也然或以

告成之速不免大醇而小疵顧梁汾議康熙庚午志王子擎王子任亦疵之黄爻咨議乾隆庚午志此秉筆之難也

按修志之難既如上述而修志之手續尤宜注意數項（一）採訪（二）收羅舊志（三）送傳單（四）攷校（五）查對（六）鈔謄然後再論編輯體裁商定目次始可入手纂修想見當時秉筆者而欲免後人之訾議也實鮮原稿有採訪收羅舊志送傳單攷校查對鈔謄之六項無上下文故略附數語於此後學侯鴻鑑附識

凡例

一建置表仿康熙志歷代州國郡縣横列作卷二次列縣境疆域次列山水無錫以錫山惠山爲首金匱以金匱山鴻山爲首水則惠泉爲首泉者水之源也

一圖各有田田有字號因圖知號因號知圖因圖知田因田知賦知役而鄉鎮牌坊附見焉水柵亦附焉此一彼一此相關之道也田之多寡因乎圖之大小圖之大小可知役之繇簡而戶口亦可知此處分明可見區書里書之弊此戶役相關之道也賦即銀漕有原額正賦有新升科有吏弊有官田此處分明亦無漏賦匿田之病此又官民兩便之道也

一古蹟寺觀職官官署古有今無者必書

一經學可附儒林著述有史學詩學附文苑

一記名臣附宦賢後宦賢宜錄歷朝國史乾隆名臣欽遵高宗皇帝實錄又查年譜誌銘家傳又有御製勝國殉節錄賜謚予祀者又有沒于軍前者有卹典者歸殉節傳

一恩赦漕粮緩徵銀漕歸田賦一類與新科錢粮與官田歸一類

錫山補志目錄

按原稿目錄如上補志殘闕不全如一四八十二十廿五廿六廿七等八目均缺敬附識之鴻鑑

第十目屬缺但毓鈞校讐時見有數條雜入祠墓門頗覺不

倫因別而出之以補壇廟之缺如是則原缺者僅七目云後學秦毓鈞校畢附註

山水（舊志有誤宜訂正）

彭祖河在膠山北東通包沿折而西通西新彭祖河貫于其中

宛山在膠山東十里雖一培塿而山之塔爲堠郵文筆峯山蜿蜒

湖濱蹊徑杳折五丈許而注硯池二石色元質膩可硯

萬歷志載墩凡二十七金娥墩亦在內今新志僅載黃埠仙女太保三墩以爲其餘諸墩無關典要故不錄不知有關典志者正多皆因所未見也

三歎蕩相傳范蠡載西施曾經此地異日重過不禁三歎故名

橋梁

李公橋　在膠山西堠郵相傳李忠定所建

文成橋　舊慶橋在堠郵安國建

會通橋

牌坊

高義卓行坊　在膠山北明爲安國建

世進士坊　在上福鄉明爲安如山建

雙節坊　在上福鄉國朝雍正中爲黄正位妻張氏黄瑜珍妻金氏建

法紀坊　在大市橋堍明爲刑部郎中施夢龍建

攀桂坊

凌雲坊　二坊爲永樂中無錫令彭克誠所建

古蹟

賓娥臺在信義瀆之上級不數層山色四飛秋夜里人每攜壺觴待東山月出故錫嘉名曰賓娥

嘉蔭園嘉靖 安國所搬也發粟千種役夫晝夜一月園成堂曰宏仁閣曰元攬磊落杳折幽深閉靚不收人間世國性嗜山水日吟嘯燕賞其中

天全堂吏部安希范宅希范少罹疢疾業周涇成進士歸乃接是業顏曰天全志不得于人而完于天也於其中讀書談道登斯堂不啻龍門

東林居南林之北西林之東於山尤近僉憲安如山子希堯築也廣廈三楹曰曲水堂庭下方塘堂右巨水中島極峻小橋通之

巔有石臺可擘西南兩林之勝

南林與西林相距百步吏部安希范讀書處也清流環繞岡隴層疊小橋茅屋堂曰歲寒堂浚池廣數十畝周池古木鬱然深秀後歸次子廣譽譽善詩畫不愧前林

菊樂園在堠村安國父祚愛菊號友菊晚年安國築園以娛親極亭池竹石之勝

安公洞在膠山南嶺石道可折而上峭壁嵌空中有洞可置一蒲團坐安桂坡公憩而樂之刻其戶曰安公洞

靈趵泉在膠山南麓類濟南趵突泉故名明參政俞泰記之

梅里鄉伯瀆之南有地名荆村相傳爲泰伯始居地故云荆蠻

妙光塔在邑城南方巽位青烏家言巽水直流百里不免流破官

星古仙建此浮圖以壓之水雖去而沙有徘徊之意也

一人泉在開化鄉洞山之麓有庵名洞庵景甚幽奇吳江徐松有泉銘載百城煙水集

南津塔在開化鄉南津里濱湖塔高二丈鎮湖波之衝激元至大三年六月建

路耿山與石塘山相接吳越王錢鏐侵南唐夜裹甲過此迷失道謂軍士曰路梗矣後遂以名山

惠山寺中有翠麓亭金蓮池有芙蓉亭俱廢又有漱香亭延祐三年建梁源亭在二泉前庚會日日中刺史張公置建後改爲真賞亭俱廢

漆塘四亭曰遂初望雲芳美通惠錢伸仲名園也

容春精舍邵文莊公宅也藏書萬卷其南爲嘉樹亭小池種荷名
　思濂沼石梁曰光霽竹徑曰靜深地不甚廣取名緐多
衆香堂邵東湖家也四面重軒複簷八窗四向舊名四照易名衆
　香四季花香畢備東湖第一宏麗堂也
萬備堂談愷築也宏敞高華三面皆喬木修竹北枕巨池池上纍
　石爲山參雲摘日炎暑若秋真奇境也
翠深堂安无咎居也堂多古木佳卉故名池石玲瓏深秀亦邑中
　勝地
尤圖洪武十三年七月尤翁建書堂鑿小池啓土未一尺有大黄
　石焉命工勿鑿夜親啓之則白金兩罌在焉抱石加覆不發至
　二十年歲旱出一罌以周飢二十七年大旱又出一罌以周飢

故鄉人德之稱其里曰尤圖

嚴家池在東帶河之南正對學宮廣三十畝有溝深廣達東帶河

池中植荷花漢州守倪方泉溶乘小舟蕩漾其中

緣芝堂錫山之陰多美蔭道士沈自修得座金而築

芙蓉尖今俗稱爲缸尖不知舊名甚雅

石門張仙殿珠簾泉在殿後石壁碎流如珠下垂如簾故名非石

門石罅中之泉也

白雲洞在石門右中有純陽石像其上奇石突起

小岳陽樓在管社山土神廟內全攬巨區之勝七十二峯隱現出

沒洪波浩淼收拾無遺曾遊楚者登此以爲遠勝巴陵之岳陽

清水洞在陽山之巔廣四丈許西南向中有石觀音像像後有泉

社

詩文社會可以見前輩流風餘韻而邑中人文之盛亦因是見焉

耆英社　景泰初年社員十二人在碧山吟社十老之前

惜陰社　在隆萬閒有社員二十四人

明季聽社　此爲文社有社員十七人時人號爲聽社十七子

涯臻詩社　此社僅九人

惠山雲門社　此在國初時所謂雲門十子是也

嵾湖社　此在康熙初年所謂嵾湖七子是也

祠墓

李忠定公祠在膠山北麓祀宋丞相李綱自宋建炎間公請奉先祀改膠山寺爲崇親報德禪院紹興間卽地建公祠明正德四年鄉義士安國重建劃田十三畝以奉祀寺僧貪賴其田安國子僉憲安如山改設祭田改建公祠于寶乳泉上享祀不忒國朝雍正七年金匱縣憲王公喬林以安國配祀嘉慶辛酉忠定公裔李陽寶建寶設而尙德祠廢二祠爲士紳尙德之祠國朝康熙五年李氏建新祠于惠山日月池旁以奉官祭此李氏家祠也

典守祠田而重葺者是也一在惠山尙德書院正德五年尙書邵

隆亭華孝子祠元至治辛酉華琤建至正癸卯琤子希顏汝建唐兩爲記

司馬温公祠在埃村祀宋太師温國公光乾隆十八年司馬氏建

安樞密祠在芙蓉津上祀宋樞密安　乾隆壬午安氏重建

華參政祠在九里橋祀明山西參政華津乾隆甲辰華氏重建

安我素公祠在埃邨祀明贈光禄少卿希范

宋別駕王惟允墓在膠山

明金華府同知安汝德墓在埃邨國朝嘉慶癸酉改祭產靈芝

明承事郎安祚墓在膠山南麓邵寶銘　明贈戸部員外安國（秦端敏公誌銘湛文簡公墓碣）墓在膠山北麓　明按察僉憲安如山墓在膠山北

麓　明例贈吏部主事安如陵墓在周涇安希范父　國子生安

紹芳墓在朱村　國朝　孝廉安嘉墓在青石橋

明贈知府華暄墓在秦塘涇

明贈刑部郎中華坊墓在唐乃橋

明參政華津墓在秦塘涇

明安節母吳氏墓在謝埭安希范生母

明訓導華士楨墓在劉參橋

國朝文學顧祖禹墓在盛姬墩

文學安璿墓在堠村北園

楊樞密諱航墓在邑之東鄙子孫依墓而居久而成聚號楊墓村

航亦龜山先生裔也

尤時亨墓在吳塘山子延之廬墓三年一夕有神叱之曰此地發

福誰敢當此延之伏墓長號不知所出神曰孝子也可當之矣

明年延之服闋登第六世金紫

卞玉京墓在祇陀寺新志誤云在惠山祇陀菴錦樹林

黄仲茂墓在堠郵其形勝爲金鉤挂月仲茂贅于金華倅安明華氏子孫繼安姓故墓爲安氏發祥地

凡祠墓先賢有記必書　之說必削

按原稿此行在楊樞密行之上移於此者因可直接邵文莊著

膠山李忠定公祠記行也 鴻鑑附識

重建道南祠記 林宰

膠山李忠定公祠記 邵

靈趵泉記 俞

安氏養廉莊記

祭顧端文公文

李忠定公祠攷敘
重建膠山寺記
尊賢祠攷
温硯鑪記
西林記

按上述目錄十已錄原稿中者僅邵記俞記王記安記四篇餘六篇缺鴻鑑附識

膠山李忠定公祠記　　邵寶

寶既祀公於惠山尚德書院而膠山寺故祠復以重建來告蓋鄉義士安國爲之是舉亦吾志也烏得無言按郡志寺在邑東四十里梁太清初建寺於其麓宋紹興間公遂爲墳剎嗣是遂祀公焉

其修而復之固以義起禮者而或以公非邑產爲疑公生長官學於斯自號必以粱溪公爲寓賢耶爲鄉先生耶公立朝有識有才有權有量而本之以忠謀出之以正氣在靖康竭扶持之力在建炎舉修攘之政在紹興建恢復之謀不幸而屢見沮忌其所以復君父之仇正華夷之分無媿於聖賢者僅見之章疏計畫間然於此有隱功焉而非君子莫之知也今祠之改安君獨任其費昔永康徐元德首議建公祠晦菴朱子爲記深嘉與之況國無元德之責者哉且又劃田十有三畝與前陸永思所捨七畝同隸寺僧爲春秋私祀之需益可當矣用紀歲月書其麗牲之碑且爲迎送神詞曰

公何之兮勤我招望雲旗兮淩江潮公蟬冠兮絳服指舊邱兮遊

遨朝騰駕兮水裔夕弭節兮山椒西有惠兮東有膠潔我尊兮醇醪跂英靈兮未下闃歌聲兮鼓簫宛懷公兮心勞公將去兮何從望闕山兮南東整重帆兮雙楫駕海濤兮天風睠舊遊兮斯在手常植兮萬松惠之泉兮膠之峯儼翼翼兮新宮靈倏彼兮忽此雲迴翔兮太空歲復歲兮來降

重修膠山李忠定公祠記

安吉

古聖賢祠墓必有後賢保之後賢古蹟又在子孫保之我無錫溯開吳之聖人曰泰伯墓在鴻山相宋之名臣曰李忠定公故祠在膠山一墓一祠重于江南鄙儒以爲鄉僻而弗攷也膠山去邑城三十里所有蕭梁以來古蹟皆湮沒不可尋惟李忠定公祠在膠山寺寶乳泉上自宋元至於今五百餘年而巋然獨存則我祖朝

贈奉直大夫桂坡先生捐田世世奉祀故也嘉慶辛酉歲忠定公裔李陽典司祠田恚祠屋之久不修也蓄田租之入而重葺焉鳩工于己巳秋告成于庚午春上巳祀公如初禮其祠倚山面泉碑石二其一明正德四年安桂坡先生諱國建祠記邵文莊公諱寶譔文其一嘉靖己亥先僉憲膠峯公諱如山移祠泉上記自譔碑文也忠定公讀書山中既仕則請于朝以膠山寺爲崇親報德禪院公祠建于宋紹興間或曰治平中廢於元初兵燹寺僧奉木主于泉上之蒙齋有元人陳方謁祠詩桂坡先生因公讀書處而建祠在東寺之西偏今祠泉上則膠峯公因公木主舊在於斯故也前明公祠無官祭邵文莊公祀忠定公於惠山尚德書院膠山惠山兩祠並祀鄉先生德位之尊者主祠祭諸生相禮執爵裸獻奉

牲奉盛雝雝肅肅以文莊之理學桂坡先生之高義後賢誠格先賢逾於俗吏之奉行故事也昔范文正公祀嚴先生謂其得聖人之清忠定公扶正統攘金人以天下爲己任蓋學聖人之任者也節行昭于史冊感于人心士民思之縉紳先生慕之效之而俎豆之公之興起後賢文莊及我祖之尙友前賢開東林之先者乎文莊既沒尙德祠廢膠山忝嘗弗替賴有祠田耳雍正七年李氏奉縣以桂坡先生配食報捐田之爲功于祠也顧向者田隸寺僧而沒膠峯公劃山北莊田捐如其數至國朝田歸李氏典守有欲奪膠山祠田以奉惠山新祠者我安氏以膠山祠碑呈縣而定案不移保護先賢祠事厥惟艱哉茲幸祠田典守得人夙夜匪懈修祠奉祭不墜桂坡先生與邵文莊公尙德之禮吉既與上巳之祭退

而謹記修祠歲月并述舊典以爲世守云

靈趵泉記

俞　泰

邑之東有膠山山之北麓有寺宋李忠定公乞祠賜額崇親報德禪院者是也寺有竇乳泉正德間安君民泰像公祠於上山之南二里許則世爲安氏居民泰以山爲元武地乃建祠祀神以鎮之歲丁亥秋祠南隙地方四尺許恆沃潤不焦守者異之掘地三尺餘有決突起時訪民泰乃往觀焉因謀蓋亭其上甃石渟爲上池注爲下池洩以灌池下之田戊子冬落成取濟南趵突之義名之曰靈趵泉又速余登亭而以記請余曰夫天地之氣靈秀所在每因人而鍾承之者非其人則氣隨以散故氣莫盛於山而泉則山之脈絡氣鍾而流焉者也濟水發源王屋山一顯一伏數千里至

歷城乃突然騰躍其氣盛故其流長宜爾也茲泉於濟勢雖不侔其本諸山而醞釀以成涌地以出理則一也然人傑地靈感應之理誠不可誣安氏累世種德至友菊翁深仁厚澤覃被一鄉民泰繼之培植封固益深益厚人以山安山以人重至和融結一氣潛孕山靈發祥感之應之豈偶然也哉況泉未期年民泰三子長子靜薦京闈仲子固魁成均季子介游泮庠泉之兆祥於人也滋甚將來雲礽蟄蟄毓體鍾異以承山之慶於無窮則安氏之澤當與泉俱永安知無忠定公其人增重斯泉如寶乳也哉書曰宏於天若德裕乃身敢爲民泰望之民泰名國號桂坡崇禮仗義縉紳推重茲論泉不及贅也

西林記

太倉　王世貞

余與仲俱嗜山水而家東海斥鹵地無當者家有園頗見稱遊客亦以近市廛且不得自然邱壑以爲恨客嘗爲余言無錫安氏園之勝蓋即今西林云其居東離邑三十里而贏邸第之雄埒國封不以豪故廢林野之趣北之膠山三里而近即山址得園二其上劃山而半籠之今太學懋卿蓋時栖處其右懋卿栖處而園益勝破石根則神瀵涌疏磴道則幽穴顯斬惡木則嘉卉出列棘以爲藩藩巖而中靚深分流以自環環多而相映絡其臺榭可以巧承態其戶牖可以奇取睨其泉可以釀果茹蓏蔬可以羹魚鱉蝦蟹可以飫客懋卿故有客癖客之以文事名者又雅慕懋卿以故多麇集焉山人葉茂長甫客之選也或凭鹿車或鼓漁力窮晝夜以爲娛樂時秋氣鮮霽雲物解駁謀所以寵靈之蓋鳌而爲景者三

十又二景各有詩茂長之爲體者九而茂卿之爲體者一顧其風調旨象有足當者茂卿貽書友人王世貞記其事世貞約其景之尤勝者麗於山事者五麗於水事者十有四兼所麗者三曰蘭岩者膠之横縱巖也國香滋焉曰風弦障者高坪上接於膠下瞰諸水長松冠之風至則調調刁刁鳴也曰遁谷者降膠而拗却入水深佳處也曰晨光塢者膠之逶迤而左右抱林者也以左小缺得嵎夷候獨早曰纖纖泉者穴於膠最冽而甘是山事也曰錦潭者諸流之所匯也皎而澄可燭須眉曰黿峙者水中大洲也羣黿鷺屬玉而族焉曰上島者嶼之右別洲也曰中洲者嶼之輔洲也曰蕭閣者卜於嶼長和松帀之空香閣者卜於島竹木叢之曰景樹者緣潭而立得月則水中之樓閣皆可俯而有也曰一葦渡者以

渡黽嶼名曰夕霽亭者以晞髮於頹陽名曰素波亭者渡口綰也
息磯可憩而息醉石可藉而醉皆得之水故曰水事也曰虛籟堂
者以遲賓者也中空於緒颸無所不納故名曰椒庭可眺山椒曰
爽臺者踞椒庭而聳梧竹承之是不盡麗山水而山水之致襲焉
故兼所麗也凡山居者恆恨無水水居者恆恨無山山水居者或
陋且瘠而不可以園可以園矣而或不志于人與文懋卿之西林
佹得之哉其於文劇喜柳州愚溪鈷鉧潭西小邱諸記於詩吾家
右丞輞川諸絶夢寐之所注像其勝鬱渟猶宿眉宇間第仲歸自
秦叩所謂輞川者彷彿有之不甚可指辨而李頤使君按部柳頗
毀柳之溪谷潭邱以爲不能當其文然則懋卿與茂長之詩行後
世其不以西林爲輞川愚溪者幾希游西林西得其實其不以二

子賢於右丞柳州者幾希余竊欣有託焉故附二子詩而記之

温硯鑪記

安吉

凡物寓乎宇内歷乎古今方以什襲無不欲其終古不敝繼或毁于兵燹沈于泥沙何可勝慨然而汾水之鼎豐城之劍苟爲精氣所馮久而必發我錫山名賢邵文莊公繼洛閩之學築臺點易冬用温硏鑪爲我祖安桂坡公所製我祖于明正德間以奇功徵召不赴徧遊名勝遇景留題名公大儒樂與之交故與文莊周旋無間爰製斯鑪以贈焉鑪方而橢高四寸有奇横尺有一寸縱減尺之四加寸之三中空方圓二穴方受硯圓受水盂文莊銘之以詞嗚呼文莊深于易燮理陰陽于贊天地斯鑪范金合土爲乾坤肖形水火既濟抑陰凝之氣回和煦之春用以點易豈不稱歟文莊

既沒不知所歸訪遺規者不勝今昔之感矣國朝乾隆丙寅歲邗江方士𧆞得之市上藏　二十餘年一旦以年老恐不得其傳丙戌之夏請之儀徵縣公用官書送至無錫歸聽松山房與竹茶爐並傳不朽由是知我祖與文莊不可磨滅之精氣歷幾百年而遺澤猶存也或者以不獲硯與蓋爲悵悵是猶石鼓出於岐陽而亡其一厥後向傳師求之民間得之十鼓以全安知硯與蓋之不尚存不有好古如方君者惠而好我也耶

此門自經保三先生釐定後然愚閱之仍覺未安因爲去其重文先祠後墓分部别居並以目次列于記文之前僭易之罪不敢避也毓鈞附注

壇廟

靈趵菴在膠山南坡其下有靈趵泉因以爲名明正德中安國始建真武殿築泉亭天啓中國曾孫廣居建大殿芝生堂捐令號田十二畝零令號山四十畝零

關帝殿在上福鄉　像冠絶殿前銀杏大三人圍明正德安國建

雪浪庵在南横山頂旁有石池水甚清池中有無底螺

長生菴在唐墓橋明嘉靖間邑人楊恆達鄒某建嘉慶間恆達裔楊瑞重建

原稿雜入祠墓頗覺不倫因删去其重複者别爲一門以補壇廟之缺　毓鈞附識

儒林

安吉字彙占晚號古琴乾隆己亥舉人自幼讀書不拘傳註而有心得七上春官屢登草榜而不第遊濟南遼左河陽覃精著述闢梅賾古文尚書定伏生二十八篇著尚書讀法辨僞經之附會攷經史時政著夏時攷六卷闢孫愐之切韻吳棫之叶韻輯說文諧聲正詩三百篇本韻調著韻徵七卷復著十二山人詩文稿孝友廉潔澹于仕進邑顧觀察光旭秦少司寇瀛推舉孝廉方正　力辭之耗心力于著書年六十七無疾而卒子諸生念祖能讀父書著古韻溯原

黄卬字爻賓邑諸生深于易六爻一貫六十四卦一貫疑義盡析著讀易質疑八卷超軼程傳與朱子本義又以乾隆庚午邑

志未善網羅邑中軼事著錫山識小錄

楊希曾字申一家貧無力讀書賣筆求師盛暑必衣冠既補諸生讀東林講學會教人讀論語鄉黨篇觀聖人動容中禮讀子張篇觀諸賢進德與同志積貲六十餘畝以周貧乏曰恆義田今尚存而家無一壠之殖年七十餘卒刻功過格輯陰騭文類解朔望講讀聖諭歌詩習禮勤勤明善淑人至老不倦

瞿世壽字修齡邑諸生深于春秋著春秋管見其自序云聖經廣大而諸儒狹小窺之聖經通達而諸儒固必泥之聖經平常而諸儒穿鑿釋之故經義愈晦得嘉禾阮石巖批校春秋傳本因取積年游閩游燕于魯于秦所得春秋善本與漢唐宋經解合於經者疏通證明之拘于例者芟夷蘊崇之十年五易稿得

書四卷諸侯年表世糸一卷又通醫學一字雲谷以字行有佳偶艷而才䆁養生術年皆八十餘

文苑

元王澮字安節博學工詩至正初臺臣薦任熙安路同知者有惠政著有東湖小橋僉事亭之祖也

明呂敏字志學與高啓王行徐員高遜志唐肅宋克余堯臣張羽陳則卜居北郭號北郭十友

張瑤字百琢潛心理學父鈍軒與莊定山邵二泉諸先生倡道東南及百琢與文莊同主牛耳當會講時羣公問難必問百琢云何著有柯麓後稿昭著集

尤琢嘉靖間以貢仕南康教授母喪歸不出爲人清苦耿介好爲詩清暢閑雅士林稱之

黃鎧字廷衛宏治十一年舉人十七上春官不第文學爲當世

所重王文恪曰廷衞古君子也著述甚多

鄒璧字仁甫少不習舉子業耽情騷雅嘉靖初徒步詣闕上書

爲鄉大老所遏時有潘祖周者與施漸俞憲齊名弱冠時從唐

寅祝允明遊有詩稿書端雜錄鄒號九峯山人潘號芙蓉山人

談修字信余太學生家有延恩樓藏書萬卷修博覽而多著述

如縣學筆記滴露漫錄等書僉憲安如山託孤希范修妻以女

而教之爲名儒

國朝黄延和字懷九邑諸生祖庭載邑志隱逸延和恬淡冲逸有

祖風嘗謂學以孝弟爲本忠恕爲表方實而不虛平居好靜坐

爲文清刻雋削閒作小詩任意所適不求工也宛溪顧祖禹孫

體誠毋子煢獨延和卵翼教誨之爲營嫁娶者再年六十思母

以五十九卒鏇闕拒稱壽者未幾卒

安經傳字繼勛邑諸生幼工文弱冠時受知撫軍陳肄業紫陽書院冠服敝壞同舍生笑之不爲變通春秋精熟左氏傳節母吳病日侍湯藥罷省試爲文告天祈以身代母不起經傳哀毀得羸疾免喪年餘而遽卒年三十二

吳邦基字諤廷乾隆戊申舉人古文詩詞皆絶俗硏經多心得著有大禮考墨莊筆記家貧筆耕養親當得官而卒京家中夢邦荃告母曰兒壽盡於四十上帝以兒能不二色延壽一紀得至今年毋勿悲兒于八月十四日至家及喪歸果如其期士林傷之

顧鈺字式度號容莊爲文少宗金正希後說歸震川乾隆丁未

第一名進士選翰林庶吉士授監察御史人如其文不染塵俗
不可屈抑居官狷介不茍得著有容莊詩文稿年四十有四卒
于官
以上各傳亦有先後互異之處不揣愚陋量爲是正毓鈞附
識

著述

晉

著作郎王濤集五卷字茂略無錫令歷著作郎唐藝文志載王濤集五卷

三國志序評王濤

梁

續後漢志劉昭

幼童傳劉昭見唐書藝文志

補注後漢書劉昭原高唐人無錫令字宣卿平

唐

文選注公孫羅無錫丞見唐書藝文志

皇甫冉詩集字茂政潤州丹陽人天寶進士爲無錫尉詩集三卷

宋

莊子解楊時　列子解楊時

李忠定公行狀李綸

盱江志胡舜舉　延年志胡舜舉　劍津集胡舜舉見宋史藝文志

舜舉字汝士績溪人爲無錫令又爲盱江守延平守兩志見文獻通攷

全唐詩話尤焴志誤作尤袤著焴爲袤之孫端明殿大學生

復初齋詩集尤曜字子帶袤之玄孫志誤作尤帶

元

陳寶章遺事陳顯曾

王文友文稿王仁輔

明

語錄尤文　絸居吟安宙

濟川詩集　璿璣扶微
五星元珠　三命珠鈐四種俱華善繼著見康熙志
東海生集四卷浦源　王中翰集王紱
祠堂攷談綱　勿藥集邵寶
鴻山樵歌錢文　爲善語要楊紹祖
銅版初學記安國刊　至正規楊紹祖
銅版顏魯公集安國刊　方城均田志安如山
四書解義黃鎧　紫薇精舍雜著黃鎧
滴露漫錄談修　率意吟安廣吉
清
統天易數費國暄　周易觀玩篇朱宗洛

膠東山水志 安璿　安我素先生年譜 安紹傑

讀易質疑 黄卯　梅里志 吳存禮

武寧縣志 鄒清源　抱山居士集 王鑑

錫山藝文攷 王直　春秋管見 瞿世壽

寄暢園法帖 秦震鈞　治河年譜 嵇璜

叔荒年譜 顧先旭　詩譜 陸楣

靜寄東軒稿 浦起龍 舊名不是集　尚書讀法 安高發

述德編 錢泳　夏時攷六卷 安吉

十二山人詩文稿 安吉　大禮攷 吳邦基

墨莊筆記 吳邦荃　天完錄 高

像象管見

著述錄說

一著述不可妄載

李文肅公詩集　元稹制集　文肅無此集

孝經正義　非杜　鎬一人輯宋史屬邢昺之書

春秋本旨　論語說　補注楚辭　非洪邁著王直考爲洪興祖作洪興祖非無錫人亦　未寓無錫　已上六種擬削

一著述不可濫收

余樞易贊　惟孔子能贊易何人能比孔子

馮善家禮集　家禮有朱文公何人能再作家禮

華鑰禮記集註　禮記有鄭康成註今用陳灝集說即竊康成之註而淺言之何人更博物高於鄭康成

李黼周孔集註　周孔不知何指若周公孔子之經先儒註疏林立又有朱子之註何人能高出先儒若周孔爲人名集名則未見此書未知此人

尤瑢五書彙粹　其卽性理五書乎别有五書乎

華師召玩世齋集　孔子不毁人譽人何人敢玩世其齋名不法其書放誕可知

談一貫逍遥嘯長集　此卽玩世之意不可爲訓

顧冶疏臆夢言五億　不成書名

顧　蘇詩摘律　不成著述

王表代奕稿　秦銓春明筆奕　何取於奕其爲游戲之筆可知

許世卿中解編露穎編　不知所云

華嘉蔭鳳池吟奉編吟賜沐吟狎鷗集餐霞什

右五種自鳴清貴而不見國之心

張有譽心經義句詮金剛義趣廣衍　儒而用心佛教是謂攻乎異端金剛經即金經不曰金經而曰金剛是亦不通此經者

張雲鶯五經種類　不成書名想亦五經類編之類不可以爲著述

又四書說統刪補　此如俗本講章不可爲著述

秦燮上生集　不成書名

華淑吟安草　生當明季而云吟安其心可知

高士鶴先撥志略　似有憂世之心而不成書名

鄒其相四書筆旨孝經筆旨　書名不通其書可知

王玉汝今文古集　不成書名

施策崇正文選　古文則可時文選本不可爲著述

又唐詩類選唐書四體村學究之業不可爲著述

吳其馴易疏書疏　十三經已有註疏多作講章殊無謂

秦鉽讀書類　不成書名書可知

秦汧尚書箋註杜詩箋註　註字可删

秦溢清招閣集　閣名可怪不知其明人非明人

朱襄無題集韻　詩家每以香奩詩謂之無題詩即非香奩亦不可入著述

夢寶詩芝菴詩漢月大樹鄧山毅菴語錄石林詩稿　釋家筆墨無關吾道可不必載又前志每以閨媛僧家之詩雜列一處殊

不雅觀又婦女矜才賦詩亦不可爲訓皆不必載
朱筠錫山龍脈論　凡地理書皆不知地理而惑人且違古葬法可不必載
楊潮觀周禮指掌　以便科場策料然割裂周官無異鄧濟美之周禮節要便於初學行文遣運凡刪經分經功令所禁
沈金鰲尙書偶筆毛詩偶筆　此示成之講章
又離騷心箋金石訂例　不知離騷不知金石
華學泉楞嚴疏鈔　非著述
鄒初基疑闢略法海碎金　皆不足傳
又明文大業　不知其時文古文時文則非著述
張夢時庭學愛日　愛日出於心豈有可學

又會解商語　無所發明

華文甫學庸詳說　一卷講章

尤堂有護鯖集又有停釣書　疑重出

王紱有友石集又有王中翰集　疑重出

楊文中庸臆說　一卷講章

錢文有希齋詩集又有鴻山樵歌　疑重出

足惟常遺芳集　遺芳二字不可解

盛恂廣陵年稿　年字不知所云

施熙賫野鑑識　書名不雅馴

嚴㲄易同　不知何取於同

嚴紹宗鳩緣集　不知何謂

虞韶成壁經註疏　壁經謂尚書也尚書註疏有二孔氏虞公一人何以又註又疏

虞銓西溪瑣言　既云瑣言便可不載又不另行而載蔡德晉詩經集羣一行之下不知誰作

虞楷周易小疏　不另行而載於鮑祖述渾蓋通憲解之下又不知何人作錫山易學名家如林此亦可不必載

已上七十七種候大總裁裁定

文辭

和葉參之過東林廢院　高攀龍

叢爾東林萬古心道南祠畔白雲深縱令伐盡林間木一片平蕪也號林　按此詩見高子遺詩

過東林故墟有感　鄒期楨

一過荒墟一愴心先賢遺澤繫思□喜逢日月重開霽紫氣西來照此林　按原稿第二句缺一字今以意度之必是深字

麗澤堂即事　志中共十三首　劉一本

切偲曾不畏霜嚴況復長隨一線添涉世未虛都是坎緹躬無柄復何謙蒙泉涓滴貞初筮孚鶴和鳴慎考占千載後先今券合閉關時義好常拈

和錢啓新先生麗澤堂即事（同人共和三十八首） 安希范

寒衡孤棹氣方嚴，入座陽和頓覺添。誼重師資真聚萃，年忘少長各鳴謙。乾坤欲發千秋秘，亥子先開七日占。自恨皐比參侍晚，從前妙義乞重拈。

西林三十二景詩（錄十首　新志已錄六首） 安紹芳

刈芝蒼松根，觸石得鳴玉。泠泠澗底聲，瀉破寒蕪綠。抱甕出雲中，夕陽下西麓。　纖纖泉

籍甚非所求，跫然安足喜。自愛空谷幽，白雲呼不起。爲報長康翁，置我邱壑裏。　逌谷

落葉秋雨深，荒徑無行跡。鶴破青冥來，翩翻一羽客。令我思休糧，松間飯白石。　鶴徑

夕陽下前溪西風吹野渡不見折葦人獨立蒼茫暮隔岸叢林幽

知是寒山路　一葦渡

垂綸非羡魚聊復亦爾爾不知紅塵中何處無芳餌却笑磻溪翁

老與人間事　息磯

臺榭俯空明倒影見眉宇衣間濕翠寒青山在水底醉學謫仙人

拾月蒼波裏　景榭

高閣掛蒼靄向晚松風涼四壁石燈青跏趺據繩床天女散花來

竟夕聞空香　空香閣

闌干逼星晨蕭然挾羽翰窗中窺日月出沒如兩丸坐此邀飛仙

千秋以盤桓　閣

朗嘯長松下松風答清響夜來春雨歇偏地紫芝長晝日不逢人

獨自披鶴氅　松步

沈酣寄情真片石亦名醉溪風吹不醒山月照清寐惟應劉公榮箕踞日相對　醉石

秋日惠山邀皇甫□勛小集追念俞是堂悵然興懷　安紹芳

芙蓉湖畔木蘭船湖上青山片月懸勝會再逢仍七夕故人爲别已三年花間覓徑移新主竹裏行廚祇舊泉總爲昔遊成感慨莫教隣笛起蒼煙

宛山采石歌　安廣生

宛山石勝端溪紫文章不靈石欲死宛湖風浪接天高誰挾閑情向玄渚扁舟共泛之不辭遥墨濤千尺失山椒青青鳥道爭投杖到

來炎暑松風消亂流覓得盡奇古競詫伏螭𢓐臥虎嵌崎兩袖傲
顛翁銅雀鱗鱗那堪數糟邱一旦化硏田君苗忍心亦動憐山僧
解事進不律玉版娟潔寒雲鮮夕陽歸棹重廻首海立空潭黑風
走笑指山靈先席珍敢借六丁來攝否

偕長兄無曠移榻南林二首　安廣譽

兩歇山齋月更淸殿勤雞黍弟兄情十年不伴松雲臥三徑惟憐
碧蘚生
貧來生計了無關願託空林盡日閑種秫灌畦聊自適攤書時對
北窗山

東林書院　盛肇

吾道南來只□□□居徙倚水雲中雲開靑嶂峯當筆水落銀河

月是弓楊子談□還有地生公說法總歸空江門慰藉天臺語千載斯文感與同

憶東林精舍寄示華生雲　邵寶

東林寺裏舊書堂三十年來野草荒百囀未忘初鳥韻一枝猶剩晚柑香山懷龍阜神俱遠水問梅村脈故長寄語雲生爲磨石客中新記已成章

東林道上閑步　楊時

寂寞蓮塘七百秋溪雲遮月兩悠悠我來欲問林間道萬疊松聲自唱酬

送季言弟還錫山省先壟季言名綸　李綱

胡雛南牧游河空多幸依然馬鬣封勞汝遙傳一掬淚霜前爲灑

萬株松
每憂吳會太繁雄虜騎憑陵掌股中若到新經兵火地莫將有限
悼無窮
連年瘴晦釁邊絲多荷君恩特放歸邂逅故人相問訊爲言蘧瑗
久知非

水居　高攀龍
滄洲一室靜無塵澹泊交遊滋味真湖海自容長往客乾坤誰是
獨醒人那堪明月當杯酒況復青山正暮春屈指世間何限事無
如此地且□綸

無錫安君桂坡東游齊魯北覽燕幽抵居庸而還詩以送之　文徵明

人間歧路日紛紛，來往征衫集垢棼。漫仕不歸方媿我，壯游無欲總輸君。居庸立馬千峯月，泰嶽凭軒萬壑雲。去住江湖元自樂，肯將踪跡動皇文。

水居　　高攀龍

此地真堪隱，經過豈厭頻。空庭雙樹老，孤坐九峯親。水遠煙光淨，花深野色新。春蔬滿田徑，久客不憂貧。

和唐亦亭登高忠憲公水居韻　　安吉

陳跡荒涼誰闡幽，那堪重問水居樓。留題先子曾書額（先大令廓菴先生忠憲晉也樓成奉命書額書聯），放逐孤臣此寫憂。常向家山藏屈蠖，不將吾道付浮鷗。汨羅千古同遺恨，剩有青青杜若洲。

登膠山　　邵寶

明初人居西高山城城在胡家渡此詩呈州尹遂罷其役擒吳乃明太祖擒張士誠也

按此詩已入新志但誤作膠山故仍錄之以明西高山與膠山爲兩山也鴻鑑附識

遺愛

晉

王濤字茂略王覽之弟歷任著作郎爲無錫令

唐

皇甫冉字茂政潤州丹陽人天寶十五年進士第一天寶末爲無錫尉後避難居陽羨與曾皆善詩時人比張氏景陽孟陽著有詩集三卷傳世

明

陳繼洲萬歷中水利丞督邑中陂塘塘長醵錢爲壽悉謝去解布進京中官索賄不應罷歸高忠憲爲文贈之

謝勉字公載洪武中典史以北平縣僉左遷豪强齮齕善良者不

得逞妓女粱園不許入境召爲大理丞

何舜岳字越畸臨海人爲無錫令念吏胥奸慝盡心力束濕之人不能堪然鄉人不識衙人面百年來善政也隆禮庠士時與游山對奕

卜大有浙人也爲諸生時假讀于邑之虹橋與賣扇陶心逸相得後三年即爲無錫令與陶握手盡布衣歡有來餽者余獨愛虹橋肆中素箑于是陶家扇名日重值倍高後課最入都束裝□然仍以素扇二筩贈陶以爲故人歡

蔡長澐漳浦人廩生爲邑令深知胥吏積弊懲以重刑

宦望

安汝德字明善明洪武初以才解欽擢金華府同知蒞任約煩劇于簡要嘗曰爲政務在養民養民莫先於治田里田里治則民有養民有養則禮義興而國用足由是率民開墾兵燹以來荒穢之地悉成膏腴太祖賜詔褒美爲時名臣歸田後日與宗戚故舊嘯傲溪山花竹間見者以爲風塵外人物

安如山字子靜嘉靖八年進士改庶吉士出知裕州咨民疾苦均田而民利之再補裕州益不煩而治移高唐進金華知府遷雲南僉事民獠雜處政務綏輯歷江西參政再調四川僉事歸穆宗即位進階朝列大夫卒祀裕州名宦祠

楊宥父守愚三舉鄉飲固辭不赴宥以上舍濟寧州佐愛民如子

解父子曖昧獄而有青天謠禁尸場鐵錐之慘而有仁父頌旬日一食肉忤州守改王官歸州人爲刊青天錄歸四十年而卒父子年皆九十有四

陸清字彥明成化九年鄉舉仕夔州同知去奸安良姦民幾盡諸姦謀刺之夜持斧踰牆入見朱衣人提賊去獲免而二蒼以死心悸有疾歿于任無分毫積俸子光遠扶櫬歸僚友助之士民各持金錢投舟中立碑市中曰慈惠義勇清廉貞直無錫陸公

談一鳳字鶴林爲平江令精勤廉靜不妄取一錢尤重庶獄先是有山寇二十一人久繫半不輸服公察其寃微服行深山迸血濡踵始得其實內九人得傭錢爲冠負擔者又二人於寇有深讎焉爲具詞白直指十一人竟得雪終其任無寃民

卹贈　封贈教孝卹贈教忠

唐

李紳　封趙郡公贈太尉

宋

李綱　封大學士　贈少卿　　蔣重珍　刑部侍郎　贈朝請大夫

袁植　岳州太守學士　贈龍圖閣　　陳炤　常州通判　贈朝奉大夫

明

儲福　燕山衛卒　贈指揮使　　尤實　南昌同知　贈中憲大夫

高曇　漳州通判　贈工部員外郎　　秦金　尚書　贈少保

楊淮　戶部郎中　贈太常少卿　　邵寶　禮部尚書　贈太子少保

周子義　吏部左侍郎　贈禮部尚書　　孫繼臯　吏部左侍郎　贈吏部尚書

萬象春 山東巡撫 贈右都御史　嚴一鵬 刑部左侍郎 贈刑部尚書

侯先春 吏科給事中少卿 贈太僕　周炳謨 禮部侍郎 贈禮部尚書

顧憲成 贈太常卿 崇禎初贈吏部右侍郎

談愷 兵部侍郎 贈右都御史兵部尚書

顧允成 禮部主事 贈尚寶司丞　安希范 吏部主事 贈光祿寺少卿

高攀龍 太僕寺丞兵部尚書 贈太子少保　王孫蘭 成都知府 予卹贈

馬世奇 庶吉士編修 贈禮部右侍郎

堵允錫 兵部侍郎 贈潯國公

清

秦華鍾 富川知縣 贈按察僉事　張令憲 香山知縣 贈按察僉事

嵇永仁 諸生 贈國子監助教　嵇曾筠 贈少保

張泰開 禮部尚書加太子少傅　鄒一桂 禮部侍郎 贈禮部尚書

楊夢槎 都令 贈兵備道　王日杏 戶部郎中 贈光祿少卿

嵇璜 大學士 贈太子太傅

孝友

安彧字以久父宙與兄宇篤友愛洪武丙辰宇坐粮□事論戍滇南宙念兄老請代戍挈妻與長子斌從留幼子彧守邱墓彧日夜念父母永樂乙酉辭鄉里遊于滇與家人決誓不見父母不復還行次楚雄衛果得之欲留養而父促之歸自此南遊以爲常命子有禎相繼往省宣德乙卯又往父沒痛幾絕欲留養母而兄促之歸正統丁巳又往而母沒與兄泣別攜父戍稿繭居吟以歸

陳志字體仁儒家子兄心乾隆庚辰舉人志生當家落服賈養親父洵監生愛潔焚香啜茗室無點塵食必擊鮮夜必然蠟寒士女素封志竭力供親兄試江寧不利志謀斧資資兄北遊登順天榜又恐父之念兄也日談異聞博父歡笑仲兄無行鬻其許嫁女志

聞而贖之歸其壻兄又鬻子又贖之不令父知常周其兄父母年八十餘卒以禮葬三年不出戶事兄如父子嫂不和於家志乃貧病慘死

周永陞字月生家貧孝養康熙十八十九兩年迭遭奇荒永陞夫婦子女以野菜雜豆屑食之而奉親不缺甘旨父病籲天求代割臂和藥而疾愈邑令旌以純孝格天額

披裘翁居漆塘夏姓工詩善小牘八分父貧甚有十畝山田半不收妻孥飢餓不勝愁之句披裘翁見父詩而泣遂執筆事寧波總師收取餐錢養父母歲暮持其地玉版筍十頭歸父食而甘之以三頭埋山中明夏發萌至秋成竹不數年間遂盈千竿其筍甘美異常富人持錢來往易其價十倍常筍此翁瓶粟常盈披裘翁老

貞節

國子生安如京妻周年二十八而寡事姑至孝撫三孤成立足不

踰閾年五十六卒　嘉靖間

安習吉妻浦年十七歸安八月夫亡還父家守節二十一年時直

指廉訪貞節父欲以女應浦堅辭曰夫亡命也守節分也安分

順命豈以博名高乎浦病父爲求醫又堅辭曰夫死當從病死

晚矣不服藥而卒年三十六方伯龔公勉志其墓

諸生紹芳妾褚紹芳艱嗣年五十而得褚美而無子褚知大體爲

紹芳畜宜男者三姬吳唐淩連舉四子紹芳年五十八而卒褚

與三姬皆少寡謹愼勤儉各成其子三姬有婦德若褚者非紹

芳之樊姬哉

安廷訓妻黄年二十而寡黄素工詩自孀居不事翰墨爲女教授六十而卒崇禎七年憲旌

安廷諍妻蔡年二十而寡僅有薄田二畝破屋兩間之死靡他七十而卒　以上四節萬歷間

談厚德妻楊二十五而寡遺孤長三歲次方二月上有兩代翁姑楊守節奉養撫孤成立次子汝霖官福建壽寧知縣敕封太孺人年八十有四　雍正間

安高發繼妻吴年三十而寡撫嗣子經傳守節二十三年而卒乾隆甲子旌　雍正間

華咸一妻曹年二十六而寡遺孤鉉四歲鏡方孕紡績仰事俯育翁會禮病吐血又痢曹侍湯藥得痊教兩子一業儒一艮醫年

九十乾隆間

陳一觀妻沈二十七而寡遺孤堯彩舅姑之喪在堂華以女紅養孤葬舅姑衰絰終身足不踰戶乾隆十一年詔旌

安國治繼妻顧年二十七守節乾隆三十一年督學曹旌其門曰貞操勁節年六十二卒

舉人安嘉妻殷年二十四五而寡家貧事姑盡孝家有七喪未舉殷以拮据茹荼勉力安葬年四十五而卒 以下國朝

安世爵妻陳年二十二而寡家貧無子勤女紅以養舅姑以供喪葬年六十五卒

安起鳳妻倪年二十七而寡子甫八月事翁撫孤家貧賴紡織以養以教年六十一卒

安起龍妻朱年二十七而寡撫孤楚寶耕讀成家守節三十一年

年五十八乾隆廿二年憲旌

安玉如繼妻顧年二十七而寡撫嗣子汝雍如己出爲舅姑稱壽

以及喪葬皆盡禮盡誠年六十二乾隆三十一年憲旌

安琳妻司馬年十九而寡事姑撫孤不厭家貧年五十八

陳維祺妻陸年二十二而寡子瑗始三歲陸事舅姑至孝撫孤成

立教之讀書娶媳得三孫六十二卒

諸生安經傳妻孫年二十八而寡經傳以力學早卒無子孫願以

身殉水漿不入口者六晝夜本生翁定嗣子吉孫才强起紡織

養教成吉爲名孝廉年八十有四　嘉慶間

倪金聲妻鄒年二十一而寡苦節四十年年六十一

華淮妻安年十八歸淮淮暴病卒以死自誓翁命待嗣以延夫祚

卽長齋禮佛守節二十餘年得嗣子申錫八十餘卒

華申錫妻謝年二十一而寡遺孤永孝才周歲將以死殉姑安慰之曰我初無嗣翁命待嗣爾今有孤忍勿撫孤乎謝乃含淚受命姑媳相依養子成立七十七無疾而終

華南登妻錢年二十五而寡遺孤祖壽方四歲踰年翁卒鬻產葬翁紡績養孤七歲而殤撫姪儲元居敗屋中教之讀書聘浦氏夭再聘陸氏又夭娶鄒氏三年死儲元亦卒錢慟曰予奉翁命不死以圖延祚耳今若此聞者咸爲酸鼻謂之女中文天祥

諸生俞相妻秦年二十八而寡家貧無依攜兩孤依父母撫孤守節有叔早卒又攜媳歸養其姑顧教子讀書又教其長孫甸之

成名諸生憐母弟貧每解衣置錢以周之晚歲弟死次子死長
孫夭氣鬱而卒年七十有二
高洄妻姚年二十四而寡紡績養姑鞠子教之讀書長子爾梅補
邑諸生
方海渡顧家貞女死與江陰徐某結姻徐以兵燹破家顧索聘儀
不遂欲更字另聘有期女夜投水舟子俞柏救之柏曰細娘不
厭徐貧我當成此節遂往告徐假貸成婚
貞女華幼字趙未嫁而壻夭守貞不字父母死育于叔叔父母俱
死撫叔遺孤九齡教之成立娶婦弟又早卒撫弟兩孤終身處
子百折不回家有怪惟貞女能却之
貞女張幼字斗門蔡某翁子將婚而夭貞女聞訃慟哭欲往父母

止之貞女曰翁無他子嗣將絕兒往可擇族子爲後則嗣延矣遂往事翁甚孝且善治家　以上三貞國初

貞孝王貽孫女幼嫻女訓家貧日力不給女以女紅佐之封臂肉以療父病父卒遺孤道幼多病女禱願以身代求延親祀又恐人之溺孤侮寡日夜悲傷憂思病瘵而卒時服父喪未逾年年二十三未嫁

烈婦喬瓚妻汪年二十三而寡瓚病籲天求代既卒慟絕欲引決姑勸勿重傷翁心汪托病絕粒姑曰叔姒褢妊生男可爲夫後及生得兩男汪復食越數旬兩男俱殤汪遂絕食死與瓚卒日相去五月　嘉慶間

鄧光鉞繼妻尤二十四而寡遺孤長八歲次三歲俱前妻所出尤

撫之如己出含怨飲泣孝事姑張又能以紡績之餘周戚黨之急年六十

隱逸

繆覲字元臣性峭直面折人過閭里畏之宏治八年舉南畿隱歷山下不入城市家貧勸之仕不應郡邑大夫求見辭以疾日以賦詩爲樂著有南涯稿

王昭字吉夫邑諸生受學于高忠憲鄒荆畲之門易代後野服緘口不交世務以天倪名齋教子以誠正之旨著有天倪齋集

樂莘年十二游庠十六食餼二十四貢禮部工古文詩歌有才名鼎革後隱居不出嘗刲股愈母疾陳寒山先生賞其文寒山殉節子貧甚訪舊至錫莘傾貲以贈執手慟哭人皆義之著有耕烟賢己等集

安夏字大己諸生易代時從文文肅公子乘起義文乘死保其遺

孤隱居吳縣木瀆與高僧名士徜徉于靈巖著有九龍山樵集

方技

宋

許穎字子由善八分書一時名士無不與之友善

明

郎成工楷法王士禛云元張翥退庵集洪武三年錫山郎成鈔本書法妍妙逼真佛遺教經亦古物之可寶惜者

蔣尊樂忠文公重珍後也好古博雅書畫八分皆法趙榮祿文徵明推許之

施謹字克莊銳志臨池精通其妙時有霧捲雲收鳳翥龍盤之譽自號醉墨先生

虞君徵字伯獻邑諸生得響榻洛神賦書法秀潤人戲謂世南箕

褎安吏部希范從之游

施諫字克忠精醫術葛大諫蒿哭子致疾諫曰七情不得其正故六氣乘之藥石無能爲也與縱談元妙以開其鬱稍愈投以劑遂霍然

周月窗以名醫徵至京師其僕周于德病月窗診其脈曰汝病不死然不過活一歲耳因厚資之使歸于德歸至楊州見江邊夫婦泣别者問之曰官逋逼迫鬻妻以償妻去即投水耳于德傾貲贈之歸一年無恙復至京師月窗診之曰汝有陰德臟藏皆變矣

清

黄祐尊號松溪工文兼善騎射獨以繪事得名尤長于松雪駿馬

一時多購之

袁楷字雪隱繪事爲張復入室弟子

胡義人善山水嘗應莊親王召至京師王石谷輩於邑中能畫者獨許義人

潘璿字在衡畫花卉迎風承露姿態百出真寫生佳手

殷自成字元素花鳥工緻可步談志伊後塵

安駿命號蒲湘字聽之善書畫亦工詩著有古香齋詩草

流寓

凡遷居無錫子孫世居于此者不可以爲流寓官于此者入職官不可以爲流寓

梁

劉昭字宣卿平原高唐人天監初除無錫令宋范蔚宗爲後漢書爲十紀八十列傳撰志未成而伏誅昭續成八志後集諸家後漢同□註爲小補五十八卷

唐

公孫羅官沛王府參軍事無錫丞與同郡魏模江夏李善並受文選學于曹憲作文選志六十卷音義十卷

宋

李虁字斯和其先江南人唐末避亂居郡□考賡始居無錫虁爲元豐三年進士夏人入寇公呈方略一路賴以完凡興築殄羌十餘城因上五議欲使諸路乘虛互出以伐其併兵之謀進取横山斷其右臂參用漢唐實邊轉輸之術申命州郡廣招致之法爲足食足兵之計懲二虜輔車相依之勢以備不虞仕至中奉大夫除集賢院修撰知鄧州兼西南路安撫司陛辭建言先帝常命官修中書備對錄以周天下之務旨如所請南陽大藩爲帥者多不親事吏得舞文爲姦公下車盡革前弊與部使者議事有不合公獨請于朝卒見聽當路不悅不顧也以疾請宫祠除提舉杭州洞霄宫賜爵隴西縣開國男食邑三百戶歸居錫山以文字爲娱有文集三十卷禮記義十卷

錢紳字伸仲毘陵人于錫山漆塘作四亭自其先人已有卜築之意故名曰遂初先壠于其上名曰望雲種桃數百千株名曰芳美鑿地湧泉與惠泉同味名曰通惠求詩于一時名流汪彥章孫仲益蔡載各極其妙

胡舜舉字汝士績溪人宋高宗紹興十五年乙丑爲無錫令戊寅爲盱江守作盱江志庚寅爲延平守作延平志所至留心典故非俗吏所及其政績必有可觀

馬治字孝常荆溪人後定居無錫善詩文書畫旁通地理醫術避張士誠遯于緇流洪武中搜訪士人除內江令擢建昌路同知攝守事值冦亂厲兵繕城不舍晝夜冦解去歲餘以未疾免歸淡泊寡營獨好吟嘯有荆南集

陳天倪蜀人父居五老峯下天倪遊吳愛錫麓惠泉之勝遂家焉讀書鼓琴淡泊無欲以終其身

釋道

僧人字皓如者出家藥師禪院分院于堠村仁壽菴誦佛得錢不募緣而興其琳宮又善施濟建避暑亭于邑之高橋又建安擢之山徑橋製絮衣以衣無衣石刻勸孝惜字格言嘗自言曰我生空手來還當空手去年八十卒

雜錄

張副憲思安女適常熟管研耕研耕善講易嘗館邑華氏弟子以訟廢講家食無聊舊弟子黃南令錢塘往訪之持二十金歸張見之怒形于色曰卽貧何至攜不義金歸研耕曰吾豈願人訟事者乎此黃子請吾講易之束修也張亦知書取南束視之乃解

錄史

後漢書 高彪文苑傳 梁鴻逸民傳

晉書 顧悅之 顧愷之悅之子

南史 華寶孝義傳

唐書 李紳 陸羽

宋史 杜鎬 杜杞 錢顗 陳敏 李綱 尤袤 李祥

安肅名見黨人碑 蔣重珍 楊時 喻樗 袁植 陳炤 尹

玉 麻士龍

明史 張翼 張籌 倪敬 盛顒 葛嵩 秦金 秦柱金孫

邵寶 楊淮 張選 黄正色 胡涍 萬象春 顧憲成

顧允成 安希范 劉元珍 葉茂才 何棟如 高攀龍 華

允誠　馬世奇　龔廷祥　堵允錫　陳幼學　王紱　王孫蘭

蔡元鋭　蔡元鐸　倪瓚　成氏烈女　華察　顧可久　周

炳謨　顧杲　秦永孚　秦仲孚　浦邵　浦源　孫繼皐

擬錫山補志啓

我錫山文獻足徵山川深秀理學文章節廉忠孝超軼絶倫邑之志可甲江南也然少採訪病其遺任人情失之濫秉筆不綦難乎歷代舊志功業甚鉅迄今嘉慶癸酉少司寇秦公瀛又輯而新之此誠盛舉而輿情有議其不公明者解之曰非不公明也大抵志書總纂必推尊位位尊則不能徧訪鄉僻故事而寒素之士雖屬有心又隔雲泥而不能竟達故耳其實人物古蹟之在鄉者十居六七也余等于舌耕之暇留心有年媿不能文不勝其任今幸司寇之志已成敢與校讎之末更取諸家記識虛心討論採摭前聞而爲補志而近代之事實以及舊蹟之無可攷者恭請合邑前輩同志共相採錄以期有成或有裨全志于萬一以助秦公廿年之

苦心能無遺憾以貽後世修志之君子復笑余等之拘墟也乎

錢文炳安汝諧華守謨馮鎬等仝啓

按原稿此篇在卷末今移入雜識中卽爲結束此補志一書也

可鴻鑑附識